张登科，陕西省太白县人，专注于中药和化学药物的新药研究开发工作近40年，现任陕西省企业上市专家咨询委员会委员、陕西省药物制剂中试GMP工艺工程研究中心主任。荣获“中国药学发展奖”“金桥奖”等奖项，获得“西安市科技创新企业家奖”“西安市十佳创新人物”“西安市高层次人才”“西安高新区硬科技一级人才”“陕西省优秀药学科技工作者”等荣誉。负责主持国家“十二五”“十三五”新药重大创制专项5项，出版药学研究专著4部。

四季拾芳

张登科◎著

陕西新华出版传媒集团　陕西人民出版社

图书在版编目（CIP）数据

四季拾芳 / 张登科著． — 西安 ： 陕西人民出版社，2022.12
ISBN 978-7-224-14756-8

Ⅰ．①四… Ⅱ．①张… Ⅲ．①散文集—中国—当代 Ⅳ．① I267

中国版本图书馆 CIP 数据核字（2022）第 220784 号

责任编辑 韦禾毅
贾西周
特约编辑 玉　川

四季拾芳
SIJI SHIFANG

作　　者 张登科
出版发行 陕西新华出版传媒集团　陕西人民出版社
（西安北大街 147 号　邮编：710003）
印　　刷 陕西龙山海天艺术印务有限公司
开　　本 787 毫米 ×1092 毫米　1/16
印　　张 23.25
字　　数 240 千字
版　　次 2022 年 10 月第 1 版
印　　次 2022 年 10 月第 1 次印刷
书　　号 ISBN 978-7-224-14756-8
定　　价 118.00 元

序一

宋瑞霖

作为投身药研行业数十载的同路人，我与张登科先生的第一次正式会面，是在 2019 年深圳坪山生物医药产业创新发展论坛会上。朱迅老师介绍我们相互认识时，登科说他在 2002 年第一次听我解读《药品注册管理办法（试行）》时从心里就与我结了缘，没想到等了 17 年才真正见面认识。这让我们品味到一见如故的人生乐事，让我又多了一位志同道合的好友。

西安新通药业一直从事肝病领域创新药研究。2020 年 10 月，首届西安国际肝病大会由西安新通药业主办，登科特邀请我前去作报告。我提前半天到了西安，对人文历史有着共同爱好的我们，先参观了汉阳陵国家考古遗址公园，接着登科亲自开车 140 多千米和我来到太白山脚下眉县横渠镇的张载祠参观。站在张载祠前，凝望着他从心中呐喊出的“为天地立心，为生民立命，为往圣继绝学，为万世开太平”横渠四句，让我们在感动中再次为之震撼！千年来，这一中国人的精神绝句自始至终激励着一代代中国人为国为民而努力奋斗，它象征着一代代中国知识分子的

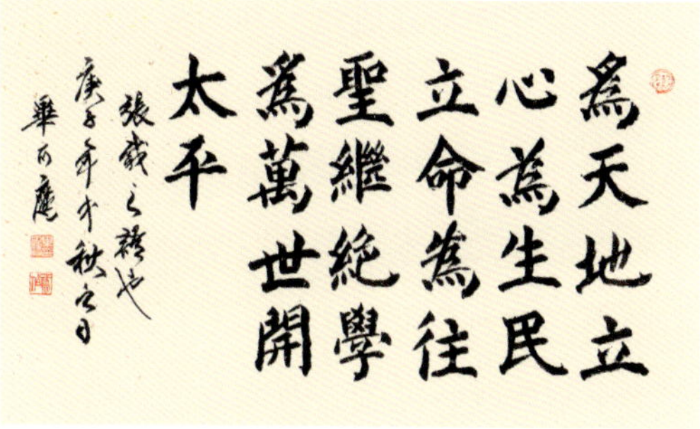

理想境界和精神坐标，让我们药研人的初心更加坚定，即研发出更多更好的新药，为百姓的健康提供有力的保障。登科说他很喜欢这四句话，于是我回到北京后，就让我的老师、著名书法家毕可鹰教授将“横渠四句”书写为横幅送给了登科。登科也赠予我《欧阳询九成宫醴泉铭》拓本集。平日各自工作繁忙，感谢微信朋友圈可以让我们保持心灵的沟通。

三秦大地丰厚的文化积淀使登科性格坚毅、眼光独到，他不仅是一位埋头苦干的药研专家，还在业余时间不断探索自然，将对植物的特殊感情用他独有的文字表达出来，那份骨子里的坚韧不拔和对生命的热爱深深感染着我。当我获悉他把从 2015年开始陆续发表在微信朋友圈的一百

多篇文章仔细整理成集，并即将出版的好消息时，我充满了期待，为有这样跨界出书的同行好友感到骄傲！更为荣幸的是，收到他请我为这本新作《四季拾芳》作序的邀请。言为心声，文如其人。从登科的文字中感到四时之美，万物有灵，普天之下任何生命都值得敬畏，需要我们带着尊重的眼光去欣赏，平凡的植物在他的笔下带给我长久的感动。真实的情感无须华丽的词藻就具有穿透人心的力量。愿每一位读者在与此书结缘后，收获一份自然之美，迸发出无限的生命之光。

2022 年 4 月 30 日于北京

序二

——如果植物会说话

张康宁

登科兄是科学家，深耕创新药研发数十载，又是卓越的企业家，带领一帮志同道合的人把企业搞得虎虎生威。我与他本不相搭嘎，他走他的桥，我行我的路，就如同一个小区居住上千人，隔壁邻居姓甚名谁彼此都不知道。可是这人和人，冥冥之中缘分来了挡也挡不住，就像这次疫情中，你会忽然发现同住一个小区不相往来的人，“摇身一变”成为挺身而出捍卫我们生命安全的医务工作者和“大白”，还有那些不计个人得失前赴后继的志愿者，从此，你对左邻右舍和守望相助有了切肤之感。从这个意义上说，我跟登科兄就有了相见恨晚的意味。

之前因工作关系去医药制造类企业多，研发类企业少，偶然因为产业链的安排陪同领导去登科兄的企业调研，同事给了我他的电话，我心想联系人就是负责外联的小年轻，遂直呼其名沟通联络，结果在汇报过程中才知道，颠簸往返一路，亲自驾车带路的竟是他本人，是时我心里暗含歉意。当他对公司数年来打造的科研团队以及开发转化的无数科技成果信手拈来、娓娓而谈的时候，他浑身充满着自信和豪情，一种蓬勃向上、严谨进取的气息扑面而来，至此，人和名对上了号。

及至这次疫情，当全国各地相关医院、病患因为缺少他们研发的药物救命救急而西望长安、翘首以待的时候，他急普天之下患者所急，果断出手，四处奔波，施以援手，突破“重重封锁”，把紧缺药送到患者身边。就在他忙碌奔波于复工复产之时，我看到他微信朋友圈关于蜡梅花的文字，瞬间拉近了距离。他写道：“雪落西安，缱绻清欢。下雪了，期盼已久的雪花，在西安将要全面解封的时刻，迎着凛冽寒风，纷纷扬扬，带着细致和精美飘然而来。”全篇对蜡梅花传神的描写，不顾严寒拍摄的一组晶莹剔透的照片，瞬间触碰到内心的柔软，因为文字和摄影都是我的嗜好，让我即刻喜欢上这位既具有严谨的科研精神，又极具生活情趣的雅人。

再后来，如约小坐，打开他赠送的去年出版的《太白七药志》一书，透过他三十余年亲手拍摄的一帧帧高清图片，透过书中药用植物的前世今生，我看到他身上那不畏四时艰辛，踏遍青山访药，对秦地自古无闲草孜孜以求的探索精神；看到了这位药研工作者的多面性——科学探索的严谨细致、热爱生活的张力、敬畏自然的肃静，典型中国文人的率真质朴让我瞬间对《四季拾芳》这本新著，特别是这个人，产生了更浓厚的兴趣……

酒香茶酽，顾不得品鉴，急切打开他的新著《四季拾芳》书稿，瞬间就被里面的内容深深吸引。秦岭山中千奇百怪的药用植物图片、作者海内外游学期间拍摄的建筑和人文印迹，都让人对这个“不务正业”的药研工作者有了不同的认识。而在他的眼里、笔下、镜头中，那似曾相识却又知之不详的植物好像会说话了。在这本书中，通过作者独到的视角和细腻精致的笔触，把我们身边常常视而不见的一草一木瞬间变成了一个个小精灵。清新的文字掩饰不住作者打心底里对它们的欢喜和怜爱，它们鲜活的身影，沉默不语的智慧，都让人眼界大开。读罢此书，不禁对这个踏遍青山人未老，眼里有光，胸中有爱，博学从容又充满人文关怀的药研工作者平添了几许敬仰……不能剧透太多，保持期待更美。这部图文并茂的作品即将出版，乘兴中，登科兄嘱我写个序言，因为彼此爱好相似，三观契合，便一口应承。酒酣胸胆尚开张，鬓微霜，又何妨？回来酒醒后诚惶诚恐，进退两难。能写序言的多为社会贤达抑或名望之辈，内心羞赧。可回头一想，我被登科兄科研、为文、做人的率真和孜孜以求的精神“圈了粉”。他这种身虽年长，心却玲珑的境界彻底感染和激发了我，遂提笔为序。

今日是大年初四，又为立春。春打六九头，新的一年开始了。抬望眼，窗外五六只喜鹊在对面一株怒放的蜡梅上尽情啁啾，“娇姿媚影映楼台，傲骨红梅冷艳开。惊落梢头花几瓣，只缘喜鹊踏枝来。”喜鹊登梅是好兆头，愿登科兄这本书尽快面世以飨读者，同时祝愿新通药业研发出更多更好具有自主知识产权、安全有效，并且以临床价值为导向的创新药兼济众生，是为序。

壬寅年正月初四于咸阳

序三

田淑惠

单从《四季拾芳》这样一个从容雅致的书名，就能感受到张登科先生无论伴随春花秋月还是酷暑严寒，一直行走在大自然的怀抱中，于山水草木间收获了无数美好和灵感！细细品味每一篇文章，仿佛看见张登科先生每当徒步走进大山，就精神焕发地捕捉大自然的流光溢彩，或遥望远方，或俯瞰峡谷，或环视身边，追寻大自然的美！一旦发现独特的植物，就细心观察其性质和特点，判断其药用价值，拍照留影，并用最美最恰当的语言将其描绘得活灵活现……百余篇文章使人读后内心静欢。读好书是修身养性的最高分营养素，酷爱欣赏张登科先生的优秀文章和原创照片，极大丰富了我的精神食粮，让我这个“30后”越来越年轻！

天有三宝日月星，地有三宝水火风，人有三宝精气神。张登科先生是秦岭大山走出来的铁汉子，是脚踏实地的真心追梦人。30年前他孤身一人到深圳特区的一家制药厂工作，勤奋好学，积极参与新药研发全流程，深受领导的赏识，之后返回老家在当地的制药厂继续工作。他一直怀有研究几个中国临床上没有的好药以解除患者疾病之苦的初心，成立了新通药物研究公司。22年一念执着，攻坚克难，从一无所有发展壮大成为全国有影响力的新药研发公司……新药研发是何等艰难！张登科先生深知人才和团队是企业创新的第一要素，他非常善于调动大家的积极性，宽容失败，鼓励创新，充分发挥各自擅长的技能！让新通大家庭每一位成员快乐工作，打造出一个高效务实的团队，为实现初心而不懈努力！

《四季拾芳》中记录的点点滴滴，是张登科先生在他热爱的事业之外，坚守的另一份情怀！定期拥抱大自然对他来说是非常重要的事情，是让生活豁然开朗的幸福密码，是成为生活之勇士的动力。从他的文章中我收获了珍贵的野生植物知识，它们各有特色，有极强的生存技能，不怕严寒酷暑，想着法子做贡献！不仅千姿百态、艳丽夺目，更有奇特的药用价值……大自然神奇植物宝藏不动声色心甘情愿地为人类谋幸福，是我们生活的最好榜样！读原创使我想起童年时父亲的教导：人不学不如物，乌鸦反哺羊跪乳。树木长大成栋梁，供人民盖房架桥，果树开花结果让人们享用……万物皆有灵，吃苦耐劳的精神难能可贵！张登科先生在知天命之年仍然驰骋篮球场，坚持锻炼从不懈怠。他心态平和而安宁，生活简单而自律。相信新通药物一定会成为医生和患者信赖的创新药研公司。

张登科先生是我的忘年交，能结识这位智者实为三生有幸！由于文化水平有限，只是随心写了点感悟。当读者欣赏到此书时定会收获非凡惊喜！

2021 年 7 月于深圳

自序

张登科

1983年我从中医学校毕业后分配到县医院工作,每天与患者打交道的过程中,深深体会到临床上很多疾病诊断清楚,患者却无药可治。看着他们绝望的眼神,心里萌发出研究几个中国患者临床上没有的新药的想法,这就是我研究新药的初心。

为了这个初心,2000年我成立了自己的药物研究公司。公司地处西北地区,缺乏资金人才,几个除了梦想一无所有的人一步步艰难前行,在自己认定的路上一走就是22年。创新药研究是一个非常有挑战性、风险极大且链条很长的过程,一个项目动辄投入几千万到上亿元,时间跨度几年甚至十几年。整天忙得像个陀螺,研究失败后换来一大堆废纸,心如刀绞,欲哭无泪。当苦闷的心灵需要解脱之时,突然发现在这个以快为尺度的时代,我们只顾向前奔跑,身心疲惫不堪,就快要失去动力和方向。自幼生长在秦岭深山的我,极度渴望重回大山的怀抱,给自己一个喘息的机会。离开自然的日子太久了,是时候回归了。于是每周都和几个挚友暂别拥挤的人群,相约终南山。在森林中漫步,浮嚣褪去,回归宁静,自此生活的旋律从急躁无序开始走向淡定从容。

每当仔细观察一片在阳光中舒展的植物叶子,聆听林中小鸟的歌唱,感知千年古树的沧桑和呼吸,或从摇曳多姿的野花身旁走过,都让我瞬间心动,让我觉得这个世界很美,值得好好活下去。草木解人语,人亦知草木,有时我会独自面对一朵野花微笑,为一片新叶欢欣和激动,它们让我看到了生命中那些即将到来的美好。接受了它们的滋养,心胸豁然开朗,苦闷不翼而飞,天人合一的生命哲理让我把一切烦恼清空,从此走进自然便成为生命的一部分。

以前没有特别留意过山里的花草树木,后来和它们接触多了,才学会静下心来观赏它们,逐渐发现每一种植物都有它独一无二的魅力。植物虽然不言不语,但它们和人一样有行为、有感觉、有生存的智慧。当我们放低姿态,以敬畏之心对待植物,人与植物的互动便是四季最美的风景。

在多年无数次的回归自然中，终于有一天突然顿悟，我苦苦研究临床上患者没有的好药，原来就在大自然中。当你开始爱上自然，快乐和健康也会爱上你；当你和自然融合在一起的时候，没有焦虑，没有紧张，没有防备，没有忧伤，只感到深深的美与恋恋不舍。其实美的东西何尝不是治愈的良药？药的繁体字为“藥”，由“艹”和“樂”组成。身体失衡后会生病，在大自然中总能找到让身体恢复平衡的方法，让生病的人重获快乐。于我而言，大自然的美是治愈烦闷颓废的一剂良药，让我终于找到一条让生命愉悦的途径。

康德说：“对自然美抱有直接兴趣，永远是心地善良的标志。”活过，爱过，拼搏过，先全力以赴，再顺其自然。从2015年开始，我会把不同季节捕捉到的各种植物和不同地方的人文山水拍摄记录下来，将彼时彼刻感受到的点点滴滴写下来，分享到微信朋友圈里。在好友的鼓励和支持下，把发布的100多篇文章修改、整理、结集出版，愿与爱好自然的朋友们一起，印证那些为我们创造心灵家园的自然之美。

2022年5月10于西安

目录

春

夏

秋

冬

四季拾芳

春

神树

古镇春光慢

古镇一隅

白居易在《春游》一诗中写道："逢春不游乐，但恐是痴人。"恰逢暮春三月，我与"同写意新药英才俱乐部"的药研专家及多位临床用药专家，相约四川眉山开坛论道，不仅深切体会到从临床需求研发新药、回归医药本质的初心，同时有缘探访了四川十大古镇之一的柳江古镇，和香山居士一样没有辜负这天赐的时光。

春天的古镇宛若一幅年代久远却不失艳丽的油画，在峨眉、瓦屋两大仙山的守护下彰显出蜀地独有的悠闲气质。步入已有八百多年历史的石板长街，我们的脚步自然慢了下来。川西风情的木板吊脚楼依水而建，粗枝盘绕的黄葛古树将浓荫覆盖在雕花的窗棂上，从乌黑发亮的木牌匾到屋檐下接雨水的石缸，映入眼帘的一切都讲述着古老的故事。杨村河与花溪河拥镇而过，石墩飞流。三月弥漫在空气中，那是桃花、白玉兰、丁丁糖混合在一起的清甜滋味。

传说古镇上有一百零八棵千年古树，其中一株根系宽度达五六米的古榕树被尊称为"神树"。虬龙盘曲般的树根上系着红绸带，当地人每逢农历初一、十五，都会来到此树下烧香祈福。大家走进拱桥边的静水楼歇歇脚，坐在二楼的露台上，和风暖阳尽揽怀中。我点了一杯峨眉雪芽，青花瓷的盖碗盛着嫩绿油润的明前春茶，注水之后一半茶叶浮在碗边，一半茶

烟雨柳江

叶根根分明竖立在碗底，汤色明亮，品一口清醇淡雅，先苦后甘。峨眉雪芽的名字起源与峨眉山独特的自然气候紧密相关。每逢农历十月，山上普降瑞雪，渐至隆冬，白雪从山巅披落下来，茶园尽数被雪覆盖，到了第二年农历的二三月，即雨水至清明时节，茶园中的积雪尚未融尽，在昼夜温差悬殊的作用下，新发出来的茶芽且开且合，似白玉翡翠，晶莹灵透。植物总是以它们独有的方式，无私地将大自然的精华传递给人类。当袅袅茶香环绕着漆面斑驳的木桌，大家围坐在一起畅聊时，时光仿佛穿越到了八百多年前的春天，穿越到这座古镇诞生的最初年代，那时的人们喜欢烧香、点茶、挂画、插花，简单的物质并不影响精神的丰盛。

花溪河

古榕酒吧

世外桃源

古榕树静静地站在那里，经历了朝代更替，目睹了古镇变迁，曾经看宋人喝茶，如今看我们喝茶。日月经天，江河行地，将精神寄托于自然，将心灵寄托于广阔的天地，热爱生活，乐享当下，就是对生命最大的尊重了。所以不必太纠结过去，也不必太忧虑未来，安心做好现在的自己足矣。

2015 年 4 月

寻找明朝的足迹

首里城公园

在多年好友唯尊兄的精心安排下，我们在日本冲绳度过了甲午年的春节假期。饱览东方夏威夷风光的同时，感受到中国文化的源远流长。

首里城是琉球群岛的著名古迹，是我们此行特别关注的经典景点。在古代汉语中，“石之有光者”谓之“琉”，“美玉”谓之“球”。琉球群岛，正是一串撒落在太平洋上的美玉。它位于中国台湾岛和日本九州岛之间，绵延1000千米，总面积4600平方千米，从名字就能看出与中国有着千丝万缕的联系。1372年（明洪武五年），琉球中山王察度遣使来华，琉球正式成为中国的藩属国。此后500多年，中国与琉球始终保持着宗藩关系。直到1879年，因为晚清政府软弱无能，日本出兵琉球，琉球王国被灭。但琉球人几百年积累下来的汉文化已经根深蒂固了，他们使用中国农历纪年，民俗人文依然属于中华体系。步入首里城公园，朱红色主调的独特建筑样式融合了中国与日本的建筑文化，展现出很高的艺术价值。明朝皇帝在琉球国王即位时，会派遣使节前来举行册封仪式，琉球国也向明朝进贡并派人到京城学习礼仪、舞乐等，所以明朝文化的痕迹无处不在。如正殿大龙柱、狮子、漆器、国王金印和王冠，还有康熙皇帝赐给琉球国王的“中山世土”牌匾……除了建筑和工艺品，当地的食物也带有浓厚的中国色彩，豆腐、面条、红烧猪蹄等，几乎和我们喜好的食物如出一辙。日语里有一句话是形容中日关系的，叫作“离得最近，也离得最远”。中日文化一衣带水，有其深远的根基。

琉球纬度较低，春节期间西安还要穿羽绒服，这里已经完全告别了冬季，所到之处绿意盎然。蓝天下随处可见各式各样盛开的鲜花，但只有花、香、叶三美俱全的兰花最引人注目。我所见到的有十余种，把它们献给朋友圈中各位兰谊。

2014 年 2 月

“中山世土”牌匾

民俗表演

琉球兰花

羊肚菌

春天的小潭峪

绵绵春雨持续了好几天，到周末时才放晴。好天气引发出游的兴致，我和朋友们一早沿白鹿原开车来到蓝关古道上一个叫小潭峪的山谷。这里几乎没有游人，只有青山相对和漫山遍野的绿。那是只属于春天的新绿，不仅让心灵为之颤动，还将呼吸过滤得格外清爽。

牛蒡根

牛蒡叶

大家纷纷挖野菜、认草药，仿佛踏入了一座无须照料却带给我们惊喜不断的天然菜园子。顶着紫色小花的诸葛菜无比娇艳，其嫩绿的茎叶生长力旺盛，是早春常见的野菜之一。忽然我眼前一亮，在草丛中发现一株羊肚菌，这可是世上最美味的食用菌之一。喜欢生长在针叶及阔叶混杂林下的一簇簇“黄瓜香”披着白色的柔毛，其卷曲未展的嫩叶食之有黄瓜的清脆香味，故名“黄瓜香”。它不但是著名的山野菜，还具有清热解毒的药用功效。林间空地上长着大片的鹅肠菜和野红萝卜，就像人工栽培的一样茂盛和整齐。我们费了很大劲才挖出几个牛蒡根，其含有的大量牛蒡甙元是抗癌活性物质，可与人参媲美，有“东洋参”的美誉。明朝李时珍称其“剪苗淘为蔬，取根煮，曝为脯，云其益人”。山崖上的野韭菜、草坡上的野小蒜层出不穷，它们都是大自然赐予我们的珍馐。野小蒜珍珠般的蒜头洁白如玉，半圆柱状的细长绿叶像葱似韭，小时候我就听过“三月小蒜，香死老汉”的谚

鹅肠菜

黄瓜香

语。将新鲜的野小蒜洗净切碎，打上几个鸡蛋，加适量食盐拌匀，用热油一炒，蒜的辛辣和鸡蛋的嫩滑互相缠绕，吃一口唇齿留香。把野小蒜和鲜辣椒剁细拌在一起，用来搭配面条，就是一种让人血脉偾张、欲罢不能的佐料。野小蒜的学名叫薤白，具有通阳散结，行气导滞的功效。过去山里人挖来的野小蒜舍不得吃，晒干后作为中药卖给药材公司。

我们一路寻宝走到了半山腰的位置，视野豁然开朗。山下成片的油菜花和桃花形成的色带明艳夺目，像金色的百香果和粉红色水蜜桃调成的鸡尾酒，让田野也微醺了。近处的野樱桃花开了，一丛丛迎风轻摇，盈盈浅笑。低头看看花儿，抬头望望青山，此刻我们成了画中人，自由地在画中行游，心中无限感恩来自这个春天的馈赠。

2015 年 4 月

龙柏芽奉献的不仅仅是美丽

仲春时节，山花烂漫，更增添了去山里踏春的渴望。一到周末，我就迫不及待约上老友前往石硖沟。

石硖沟位于秦岭沣峪内，距离西安市区五十千米，是一处山明水秀的宝地。刚进沟里，左边山坡一片灌木枝头上的白花洋洋洒洒，吸引我们走到近处细细观赏——红褐色的纤细枝条托起椭圆光洁的碧叶和洁白无瑕的花朵，如雪似梅，清秀雅洁。张曦兄告诉我它叫龙柏芽，是一种野菜，它的嫩芽和花蕾有一种与生俱来的清香口感。他说小时候春荒缺粮，人们将龙柏芽采集后直接晒干，之后储存起来一直要吃到当年玉米收割，在困难时期这种植物救过许多人的命。我顿时对这雪蕊琼丝、光彩照人的龙柏芽肃然起敬。从《中国植物志》上知道龙柏芽学名叫白鹃梅，是蔷薇科植物。它适应性强，耐干旱、耐寒，是一种姿态优美的观赏树，其老树古桩还是制作树桩盆景的优良素材。

龙柏芽不仅用它的美点缀我们的生活，还曾扮演过救荒者的角色，蕴含着默默奉献的力量。大自然对人类的眷顾无处不在，却从不像人类那样，付出一点点就要标榜自己多么重要。山风拂过，娇小的花朵如同一群舞动着翅膀的白色蝴蝶，更加惹人喜爱。

2015 年 4 月

龙柏芽

独自绽放的美

星期天的西安还是“白雪却嫌春色晚，故穿庭树作飞花”的满城银装，第二天一转晴，公司院子里最早感应到地气的婆婆纳就开花了。

婆婆纳是一种很有女性气质的药食两用植物。婆婆原本就代表老龄女性，“婆婆”和“纳”加在一起，让我想起四十年前母亲给家人纳鞋底的场景……

初春时节，大地解冻，一些不起眼的瘠薄土地上会冒出星星点点不起眼的蓝色小花。花朵细弱得只能看不能摸，轻轻一碰就掉了。无数人从它身旁走过，却很少有人注意它的花开花落。况且它算花吗？婆婆

纳不管这些，沉默寡言，独自绽放，生命是它的，它做主。凑近了蹲下来看，它豌豆大小的蓝色花冠像丝绸般轻盈柔美，花瓣上带有放射状深蓝色条纹，在披着白色长绒毛的绿叶托护下，显得那样安宁、纯洁。

婆婆纳最早见于《救荒本草》，其嫩叶可食，饥荒年代救过很多灾民的命。它像母亲一样从来不向困难屈服，不向贫穷低头，把自己植入泥土，带进时间深处，随便在哪里都能扎根。

2016 年 2 月

日本九州游记

一
无限风光九重梦

千年红豆杉

面对不停摇晃的绳索和脚下的深谷，我们依然对九重梦吊桥情有独钟。或许是因为凌空开阔的视野，或许是对高空探险莫名的向往，或许是吊桥恰好连接了绝世美景……

位于九州大分县的九重梦吊桥，被誉为日本第一大吊桥，长390米、高173米，建成于2006年，名字“梦”是由民间征集而来。走在桥上，可以360度环视巍峨的群山，让人有种征服高山的自豪感。桥面中心的部分采用钢结构镂空网格设计，便于俯瞰鸣子川溪谷。望向四周时还沉浸在一片美景之中，可是只要往脚下看一眼，眩晕的感觉瞬间袭来，这真是令人胆战心惊的快乐。刚刚立春一个星期，山峦叠翠，各种高大的树木在蓝天的映衬下愈发显得葱郁茂密。桥头的千年红豆杉直入云霄，躺在地上仰拍也没有拍到树顶。来到九重梦吊桥，不仅可以体验行走高空的快感，还可以欣赏到日本百水之一的“震动之瀑布”壮景。

这世间所有的桥，都承载着压力，连接着美好。生活中常常需要我们扮演桥的角色，将美好的人或事连接起来。而只有不吝分享自己的资源，才会收获更广阔的天地。

九重梦吊桥

小镇民宿

二
温泉小镇汤布院

古镇是人类千百年来选择的栖息之地，古镇蕴藏着人们对自然的理解和依恋，与古镇邂逅的光阴是美丽的。

金鳞湖

温泉小镇汤布院是位于大分县布岳山麓的一个古老小镇。与“曲布院之森”的复古列车合影留念，是几乎所有进入小镇的人都会做的一件有仪式感的事情。黑色系木造车站由日本知名建筑家磯崎新氏所设计，体量虽小但一应俱全。小镇里古朴纯正的日式建筑比比皆是，木栏上写满了岁月的痕迹，小餐馆门口的草帘散发出淡淡的香味和细细的话语声，让人感到亲切，油然萌生漫步其中的念头。小镇里分布着无数条纵横交错的网状巷道，高墙窄巷，或长或短，一尘不染。房前屋后种满各色植物，看似随意搭配在一起，细心品味之后，发现每一户的主人在花草的形态、色彩搭配和花器的选择上，都花费了不少心思。漫步小镇北边，如镜子般闪亮的金鳞湖将周围的重重古树，

湖光山色

林中院落和远处温泉蒸腾的白色雾气，分毫不差尽收于倒影之中。镇上还有许多博物馆、艺术画廊和主题咖啡店，给游客提供各种有趣的选择。傍晚时分汤布院开始走入寂静，商店在下午 5 点以后几乎都已经关门。夜晚唯一的活动，就是在温泉旅馆里享用一顿丰盛的料理后泡温泉。

小镇处处皆美，在这里可以感受到舒适的生活不在于住多大的房子，拥有多少奢侈品，而源于对细节的不懈追求。这是我们遗失了，却被邻国发扬光大的东西。

三
别府地狱

地狱是什么样子？没有去过，也不想去。别府的

海地狱

白池地狱

地狱温泉完全不像它的名字一样可怕，却像异域仙境般带给我们新鲜的体验。

地狱是日本古代对不断喷出热气、热泥、热水，导致方圆数千米寸草不生，烟雾腾腾的温泉的称呼。别府地区以海地狱、白池地狱、血之池地狱、龙卷地狱等八大地狱最为有名。伴随着隆隆的地热声走进别府，只见彩色滚烫的泉水不断涌出，白烟阵阵蒸腾数丈，仿佛来到了神秘国度。其中海地狱最大，在阳光折射下，池水呈现出湛蓝而清澈的海之颜色。视觉冲击力最强的是血之池地狱，泉水泛着血红色，伴随着巨大的轰鸣声，好似一池翻滚的血浆。龙卷地狱最大的特色是间隔一定的时间喷出热水和热气，在世界的间歇温泉中，因其间隔时间最短而备受瞩目……

血之池地狱

人生在世，见到一次地狱，某种意义上提醒自己应该从零开始反省，重新思考人生之路——这就是别具风格的地狱温泉给予我们的启示吧！一度下到地狱而又重生的人才堪称真正地活过吧！

龙卷地狱

2016 年 2 月

柳芽茶

昨天出差回来，刚走进小区院子，杨柳的新绿就犒劳我的双眼，一扫旅途的疲惫。初春时节，大部分植物还没有从冬眠中彻底苏醒，唯有杨柳经春风一吹，就吐出鲜嫩油亮的绿芽，随风轻舞，楚楚动人。

柳芽可食用、可泡茶、可入药，有消炎、清热、祛痰、明目的药用功效。柳芽茶始载于两千年前的《神农本草经》："早春采撷柔软柳条上爆满的细芽，微火烘干，炒透，贮于瓷罐备用。久饮明目清心，败火生津。"

怀揣感恩之心，摘取柳尖上最饱满的嫩芽，回家先洗净、晾干，然后放入铁锅中用文火小心炒焙，生怕过了火候，看芽叶微微泛黄时立马起锅，第一次的制茶体验就这样手忙脚乱地完成了。将炒制好的柳芽放入杯中，用八十度左右的开水冲泡，茶色淡黄微绿。细品先微苦，后回甘，还有一丝纯正的清香。早春的西安气候干燥，饮一杯柳芽茶，像含一片春在嘴里，连眼睛都变得明亮润泽起来。敬客待友，或自酌自饮，仿佛走进了古乐府的诗境里：“清泉小烹泉边柳，一钵绿水浮江鸥。不劳莺啼黄山雨，满心春光涤秋愁。”

看来，世间许多的美物，本不用千金以求，往往触手可及，却总是和忙着赶路的我们擦肩而过了。

2016 年 3 月

看麦娘

三代女子植物

四月，是绿宝石般闪耀的季节，也是充满探知精神的季节。周末和好友来到终南山中，每株小草都在肆意舒展，每朵野花都在尽情芬芳，最让人回味的是与白娟梅、看麦娘、婆婆丁三种很有女性气质的植物不期而遇。之所以和这三种植物亲近，我觉得她们代表了三代人。

白娟梅

秀丽的白娟梅。知道白娟梅这个名字是去年四月，在石硖沟第一次与她相见，如雪似梅，朴素安静，令人印象深刻。白娟梅是蔷薇科植物，耐干旱、耐寒，适应力很强。当时同行的张曦兄告诉我，她还是一种野菜，在春荒的年月里救过许多人的命。白娟梅外表冰清玉洁，内在本真香鲜，是大自然的赏赐。

无私的看麦娘。看麦娘是禾本科一年生草本植物，叶秆细瘦、光滑，具有利湿消肿的药用功效。春风一吹，看麦娘挺直脊梁，长叶，拔节，田间沟壑常见她们的身影。尽管只是一种杂草，看麦娘却始终以麦子的形象生长在旷野中，像母亲一样全心全意地守护着麦子。渐渐的麦子长高了，从嫩绿到金黄，看麦娘也知趣地蹲下身子，把所有的滋养都给了麦子，以换取麦子的丰收。这是一种自我牺牲的精神，这是娘才有的无私。女作家池莉写过一部被称为叩问生命价值和意义的中篇小说，名字就叫《看麦娘》。

坚强的婆婆丁。婆婆丁名字显老，身世略苦，为

婆婆丁

菊科蒲公英多年生宿根草本植物。全株披白色软毛，呈莲座状，其根为圆锥形，垂直生长，把自己深深扎进泥土中，一生交给田野，最终化为泥土的一部分。她是最早感应到地气的植物，春天刚刚到来，她就钻出地面，匍匐在田野里。婆婆丁名字极多，分布广泛，是中国乡村再普通不过的一种野菜，还是一味珍贵的中草药，尤善清热解毒、消痈散结。在暖风轻拂的四月，婆婆丁绿叶贴地，黄花向阳，飞絮蒙蒙，种子随风飘落到陌生的土地，又将孕育出无穷无尽的新生命。

三代女子植物，看似平淡无奇，却点缀旷野山川，拥有天赋的灵性。她们带领我们进入新一轮周期，奔向春天全新的光景。

2016 年 4 月

春在赤峪

山荆子花

好友赵博士和我一样从小生长在大山里，登山临水是我们共同的爱好，深刻到生命中的东西就是与草木为友，与土壤相亲。赵博士家在东北，也有个“吃春”的嗜好，从田间、山坡到大山深处的野菜，没有他不认识的。哪种野菜出自哪个时节，生长在什么地方，是吃嫩尖还是吃全株，都能一一道来。清明假期赵博士坐了整夜火车来到西安，今天一早我去车站接到他后，就直接赶往秦岭赤峪，春寒料峭也挡不住我们的脚步。

春雨如油

一踏进赤峪，万物复苏的景象扑面而来。野生猕猴桃、五味子、香椿纷纷亮出了新芽，冬藏厚积化为了此刻的蓄势勃发。一路上和我们打招呼的刺龙芽、黄瓜香、金针菜、野红萝卜苗，都是熟悉的老朋友。就连各种隐藏在灌木丛中和石头缝里，只露出一两片嫩叶的山野菜，也躲不开我俩的视线。每一个新发现都伴随着兴奋和激动，这份难得的默契瞬间将我们带回了孩童时代。丝丝春雨为群山披上了一层薄薄的轻纱，雨珠未落的山荆子花发出串串珍珠般的光芒。远处山崖上的桃花和梨花，近处的紫堇和棣棠，红、白、紫、黄，相映生辉。

谁能拒绝这柔媚动人的色彩，这纯净鲜香的野菜和装载着童年记忆的大山的怀抱……知己难求，莫负今朝！

2016 年 4 月

清香槐叶面

槐树芽

“天生万物，独厚五谷。”《黄帝内经》里讲到五谷杂粮是我们的主食，是每日饮食之必需。祖先穷尽智慧，把谷物做成了花样繁多的美食。其中面条是咱们老陕人的经典食物，据统计陕西特色面条有近六十种。老陕人几乎顿顿离不开面条的滋养，面条里包含了深厚的感情和文化。在众多与面条有关的典故中，来自杜甫《槐叶冷淘》一诗中的槐叶面令我向往已久：“青青高槐叶，采掇付中厨。新面来近市，汁滓宛相俱。入鼎资过熟，加餐愁欲无。碧鲜俱照箸，香饭兼苞芦……”

槐叶面

周末在家，准备发挥全部的厨艺做一碗槐叶面，向诗圣致敬。清晨的槐树生机盎然，刚发出的嫩叶凝聚了阳光雨露的精华，它们就是今天的主角。小心采摘槐叶，清水淘洗干净，用果汁机将槐叶加纯净水打成汁。面粉里分三次加入槐叶汁，搅拌成絮状，接着反复揉搓成光滑的面团。面团继续醒发一小时后，擀成两指宽的面条，下沸水煮熟，捞出后过凉水，色泽更加鲜亮碧绿。盛在碗里，放上蒜泥、葱花、盐、醋、辣椒面，最后泼上一勺热油，发出的“滋啦”一声宣布这碗爽口、劲道、赏心悦目的槐叶面大功告成，用陕西话形容就是“美滴很”。

一大口面，就一小杯酒，熨帖舒适的感觉传到四肢百骸，那是小时候拥在母亲怀里的感觉：温暖、安全、踏实。

2016 年 4 月

聆听槐花花开的声音

还没到周末，塔峪村的老邓就打电话通知我："槐花开了，快来捋。"听到"槐花"两个字，我的眼前浮现出晶莹洁白的花蕾，花瓣泛着淡淡的绿，捋一把塞进嘴里满是香甜……从小在山里长大的我对槐花有一种特别的情愫，因为从槐花中能找回无忧无虑的童年。

到了周日早晨，微风习习，碧空如洗，正是一个赏花的好天气。老邓的家坐落在塔峪半山腰上，被密密实实的山楂树、杏树、樱桃树、核桃树、李子树、洋槐树一层层环抱着，老邓一个人平静地生活在那里。每次约好了时间，他都会早早地从家里出来，在山路

塔峪

老邓的家

上迎接我们。走进老邓房后的槐树林，一阵清香扑鼻而来，洁白的花朵早已缀满枝头。重重叠叠的花枝像白玉和翡翠雕刻而成的一串串珠链，春天温柔的阳光又给它们镶上一圈淡淡的金边，美得让人移不开眼睛。继续走向槐林深处，四周悄然无声，仿佛有一条槐花汇成的小溪在天空流淌，耳边仿佛听到槐花花开的声音。

农历四月的槐花香，是你渗进我的血液里，教会我感知当下的幸福。当我们读懂了时光，才清楚自己想要的是什么。原来千般跋涉，万种找寻，要的不过是一段宁静的时光，一颗平常的心。

2016 年 4 月

撵春

恍惚间几番风雨，西安的春天又将匆匆归去。当阳光穿过鳌山的梦境，大山的无数精灵被唤醒，太白的春天才真正地登场了。

太白县地处秦岭腹地，海拔 1543 米，长冬无夏，春秋相连。年平均气温 7.7 度，夏季平均气温 19 度，气候凉爽湿润，所以太白的春天总是来得晚一些，并且常有“山前桃花山后雪”的独特景观。

每年五一假期回到家乡太白，都要和永生相约登山、撵春。永生是我的发小，纵使光阴流转，纵使背井离乡，在思念的长河中，一直珍藏着春天和永生在山里寻找野菜的情景，珍藏着那段回不去的叫作童年的时光。

奶奶菜

刺嫩芽

石荚菜

萝韭

樱花

白牡丹

清晨时分，薄雾散去，如金线般的阳光斜穿过树林，洒落在我俩无数次走过的山间小路上。时而飘来悦耳动听的鸟鸣声，花儿挥手，蝴蝶伴舞，空气是透明的，清风是芬芳的，眼前的一切都无比亲切，太白春天的早晨就是这个样子！我俩四顾流连，在茂密的树丛中寻找野菜。通沟的响通菜、石荚菜、萝韭、鸡娃菜，石沟的奶奶菜、猫爪菜、刺嫩芽，欣欣向荣，长势喜人……太白的春天姗姗来迟，压轴的总是最好的。与永生不时回忆起追风逐日的欢乐往事，唤起了对困难时期生命的感悟。

转眼间夕阳西下，回到家中小院，看见樱花和白牡丹正努力绽放，让明天又要返回西安的我，产生一种努力向上的激情。虽然是经济的冬天，但我们的心活在春天里，不但要活着，而且要乐观地活着，明白地活着。

2016 年 5 月

云在青天水在瓶

柳叶马鞭草

世间万千，处处皆是景。花间一壶茶，清香沁心；天上云卷云舒，曼妙静心；登高望远，辽阔舒心。人安茅屋静，心淡世路平。生命本就是一张一弛的过程，放下是一种智慧，更是让心智重获灵感的法门。如果我们能够不问过去，不问将来，能够随缘自在，便可蜕去烦恼。

云在青天，水在瓶中，一切都自然和谐地发生，这就是平常心。瓶中之水好比人心，如果能够保持清净不染，无论装在什么瓶中，都能随方就圆，有很强的适应能力，能刚能柔，能大能小，就像青天上的白

峨眉山金顶

云一样逍遥自在。心如若混沌，则迷失自己，烦恼丛生。心如若清净，则如出水莲花，香远气清，便得人生之妙境。

当人的心灵犹如空杯，空灵无物才是人生的至高境界。只有空的杯子才可以装水，空的房子才可以住人。空是一种度量和胸怀，佛经里有“一空万有”和“真空妙有”的禅理。人生如茶，空杯以对。幸福并不是累积而成的，而要通过割舍来获得，懂得做减法才是真正成熟的开始。去粗取精，去伪存真，才能觉察重要的东西。扔掉不必要的包袱和累赘，才能把更有价值的事物请进生命中来，获得快乐与祥和。

卢梭说：“人在为生活疲劳奔波的同时，生活早已经离他们远去。”世间有太多的东西遮蔽了人们的眼睛，蒙蔽了人们的心灵，行走的过程中应该停下来听听自己内心的声音。物质时代向精神时代的转变，是大势所趋。单纯的物质占有很难再刺激人们的感官，让人们获得长久的满足。大家更加重视健康、爱、兴趣这些珍贵而又无偿的东西。人生不是一场物质的盛宴，而是一场灵魂的修炼。想起母亲常说的一句话：“知足者常乐。”虽然每个人对幸福的理解并不一样，拥有平常心，懂得知足的人，更容易获得幸福。

2017 年 3 月

上野公园赏樱

三年前来到东京时赶上了下大雪，这次来赶上了樱花盛放的季节。漫步银座街头，无论百货公司的巨幅广告还是小商店的橱窗，又或是甜品屋的应季新品宣传画上，樱花都占据了最显眼的位置。整座城市在樱花独有的粉色加持下，散发出浓浓的浪漫气氛。

昨天中午好客的 KISSEI 公司同行邀请我们来到东京上野公园，一睹樱花的风采。鲁迅当年也来过上野公园，并且在《藤野先生》中写道："上野的樱花烂熳的时节，望去确也像绯红的轻云。"上野公园是东京最著名的赏樱胜地，面积达到 53 万平方米，每年春天都要在此举办隆重的"樱花祭"。日本朋友为我们提前安排好了位子，大家席地而坐，融入了赏花、喝酒、聊天的欢乐氛围。日语"花见"就意味着观赏樱花，大家相约在樱花树下，开怀畅饮，品尝美食，

上野公园 · 樱花

享受一段春天恩赐的时光。此刻园内上千棵樱花树同时盛放，抬头望去，漫天的樱花像是一团团粉红、粉白的棉花糖漂浮在蓝天下，如此甜蜜、如此轻盈，每个人都禁不住发出小孩子一般的赞叹。长在湖畔坡地的樱花树因为亲水，树枝不是指向天空而是优雅地伸向湖面，让人想起穿着纱裙的芭蕾舞女郎。

樱花先开花后长叶，花开时节满树繁花，没有一丝杂质，异常纯洁。七日后在其生命最灿烂的时刻，樱花选择果断飘落。对于日本人来说，欣赏樱花花瓣的飘落，也是一道非常重视的景观。日语里专门赋予这个镜头一个特殊的词汇，叫作“花吹雪（はなふぶき）”。漫天的樱花花瓣像冬天的雪花一样飘落，这使得樱花获得了和其他种类花卉不同的观赏角度——生命的短暂绽放和优雅逝去都是一种极致的美。樱花的花语代表生命之美，爱情和希望。

日本导演新海诚的电影《秒速五厘米》中的女主人公明理说：“你知道吗？听说樱花飘落的速度是秒速五厘米。”在有限的生命里，我们应当用什么样的速度，达成我们心中想要的距离呢。看着一片片花瓣轻柔地飘落，更加明白珍惜当下才是生命的真谛。

2017年4月

谷雨时节采椿芽

今年西安的春雨充足，连绵不断。周末盼来了晴天，我约上几位好友去老邓家采椿芽。

老邓一个人住在塔峪半山腰，房前屋后栽满了树木，山上不通公路，至今保持原生态。三十年前老邓在深山里伐木，顺便挖回十几颗野香椿苗，如今已长成了八九米高的大树。每到谷雨时节，树上冒出一簇簇嫩芽，油亮的叶片一尘不染，泛着玛瑙般的紫红色光晕。

人们对于春天的期待，除了感受万木吐翠，芳草

茵茵，恐怕还少不了一把椿芽。椿芽有一种独特而浓烈的异香，是酝酿了整个冬天，在春天迸发出的生命的味道，它是名副其实错过要再等一年的舌尖上的美味。中国人食用香椿久已成习，汉代就遍及大江南北。椿芽营养丰富，并具有食疗作用，主治外感风寒、胃痛、痢疾等。采椿芽在我幼年的记忆里，既是一种物质匮乏年代的生存需求，又是一种生活情趣。每年阳春三四月，都会约上几个小伙伴上山，专为给家人采椿芽。发现香椿树后，三下五除二爬上树，站在树杈上，一只手把树枝往回拽，另一只手抓住树梢，拇指稍微一掐，一株肥嫩的椿芽就落到手心了。回家后母亲给我们做凉拌椿芽，做法简单方便，只需把椿芽在开水里一焯，放点盐，再滴上红油辣子，吃一口可以回味一整年。当然和椿芽最搭配的食材非鸡蛋莫属，但在“以粮为纲”的年代很少见到鸡蛋。

难以想象，作为“树上蔬菜”，椿芽竟然拥有野菜中最霸道的一股芬芳，热烈缱绻而不失质朴。它是春天的美妙礼物，也是人与自然相生相伴的见证。

2017 年 4 月

邂逅灰灰菜

端午节假期回到太白老家，在姜眉路上意外邂逅了一大片野生灰灰菜，密密匝匝，青翠欲滴，让我和永生开心不已。永生是挖野菜的高手，不一会儿就收获了满满一大盒。

看着这些带着露水、鲜嫩无比的灰灰菜，一下子勾起了我的乡愁。小时候跟着大人到田里挖灰灰菜的情景历历在目，那是五六月份青黄不接的季节，田野一片荒芜，要寻找一把灰灰菜并不是一件容易的事情。每当找到几颗灰灰菜，就如获至宝，赶快把它们挖到篮子里。长大后学习药用植物，知道灰灰菜的学名叫“藜”，为藜科一年生草本植物。它有一个亲戚，就是我们常吃的菠菜。灰灰菜在我国已有数千年的食用历史了，它是我们祖先最早食用的野菜之一。《救荒本草》记载灰灰菜：“生田野中，救饥，采苗叶炸熟，水浸淘净，去灰气，油盐调食。晒干炒食尤佳。穗成熟时，采子捣为米，磨面作饼蒸食，皆可。”民间叫它灰灰菜，是因为叶片背面覆盖了一层保护叶子水分的霜状细粉，呈现出灰绿泛白的颜色，摸起来有种滑腻感。灰灰菜是一种生命力旺盛的植物，遍布全球热带和温带，于田间、山坡、沟涧，乃至城市中的荒僻角落，都能见到它们的身影。灰灰菜随遇而安、朴素顽强的特性就像普通的老百姓，代表着知足常乐的精神。

灰灰菜有很多种吃法，可以炒食、凉拌、做饺子馅，拌玉米面可以做成窝窝头。午饭时我们将采摘回家的新鲜灰灰菜用来凉拌。先把灰灰菜洗净，放入开水中焯一下，接着在凉水中浸泡半小时，挤干水，加点蒜泥、盐、醋、干辣椒丝，最后浇上一勺热油拌匀，一道绿如翡翠、清香滑嫩的佳肴就做成了。灰灰菜不但味美，同时营养价值很高，能预防贫血。

灰灰菜含碱性高，过去人们把灰灰菜晒干后烧成灰，放进罐子储存起来，称为“储冬灰”。冬灰不仅用于洗衣服，还可以作为面碱食用。兰州牛肉面中一直添加的神秘蓬草灰就是同类的物质。而考古界、古玩界清理旧瓷器、青铜器等，至今亦使用“冬灰”。

2017年5月

正月十六看灯花

正月十五晚上看过了城里的元宵节花灯，正月十六就轮到去山里看灯花了。“看灯花”的学名叫款冬花，甘肃一带叫它看灯花。立春后的半个月，正是款冬花盛放的日子。

几年前去过蓝田野竹坪，只在山坡上见过款冬花的叶，未见其花，于是一大早我们便直奔野竹坪。快到王顺山时，路边一座中式竹制门楼上写着“野竹坪村”几个大字，提示由此上山便是。孟春时节，山里温度较低，少许冰雪还留恋在地里枝头，大部分植物

尚未返青，只有苜蓿早早地发出绿油油的嫩芽儿，透着一丝春的温存。沿陡峭的山路没走多久，几簇黄艳艳的小野花跃入眼眸，微风拂过，犹如一盏盏精巧可爱的花灯轻轻摇曳。“雪积冰坚，款冬偏艳。”没错，这就是让我心仪已久的款冬花。

《广雅》中对款冬解释为：“北草冬荣，忍冬而生，故有款冬，款者，至也。”春天刚至，款冬花就破冰而出。它开放在碎石的缝隙中，即使被冰雪覆盖，只要见到阳光就努力生长，为的是要争取单独开花的权利。款冬的花和叶子，是永远见不着彼此的。花开时，茎上没有叶子，只有花葶和“苞叶”；等到花朵凋落后，真正的叶子才会从根部生出来。从此款冬就顶着孤单的叶子，于山坡上、溪涧边，盼望着下一个春天的到来。君生我未生，我生君已逝。花与叶本是同株，却生生相错，永不相见，好似人间凄美无忘的爱情。

款冬花无惧寒冷，在冰雪间也能勇敢做自己，这种桀骜又不失高级的品质，是历代士大夫所向往的。

2018 年 3 月

你见过茱萸花吗

“遥知兄弟登高处，遍插茱萸少一人。”唐代诗人王维这首流传久远、饱含思乡怀亲之情的名篇，让人们记住了一种植物——茱萸。茱萸雅号“辟邪翁”，重阳佩茱萸的习俗在唐代蔚然成风，人们认为在重阳节这一天插茱萸可以避难消灾，将其佩戴于手臂，或采摘枝叶连同果实用红布缝成香囊佩戴于身上，还有插在头上的。九月九这一天也被称为“茱萸会”。

秦岭山脉自古以来是茱萸的宜居之地，早春太白桃川的茱萸花尤其令人难忘。元宵节后从太白回到西安已经快半个月了，打开记忆的闸门，那牵动游子心

的茱萸花在我脑海里挥之不去，于是开车沿姜眉路前往桃川镇，一心寻找它的身影。

未到桃川镇，已被路边几株怒放的茱萸花牵住了我们的眼睛，索性停下车来。站在树下近距离观赏，繁密的花朵呈伞形簇生于枝条两侧，瓣瓣相拥，枝枝相牵。每一朵花都有四片舌状披针形花瓣，用力向外反卷，长长的雄蕊与花瓣同数而互生。茱萸花小巧玲珑，远看与蜡梅、迎春相似。曹植在《浮萍篇》中写道:“茱萸自有芳，不若桂与兰。”茱萸花的美，是一种不争之美，给人简单、温暖、报答的感觉。

我喜欢看花，尤其是自由生长在野外，恣意绽放的花。当你经过时，会被它们深深地吸引，会让你跳出日常的琐碎，更深刻地体会到生命中爱的流动。远眺桃川镇，金灿灿的茱萸花在纯净的蓝天下连成一片花海，待到秋季结出一串串红果，又将是另一番醉人的滋味。

2018 年 3 月

试寻野菜欢春饭

春回大地，生机勃勃，山里的野菜也不甘寂寞，与万物争春。在春日里走进青山中挖野菜，享受寻找本真味道的过程，是我乐此不疲的爱好。

周末早上风轻云淡，和朋友驾车来到周至的马岔峪。这里树木已透出新芽，碧绿清鲜的野菜各霸一方，可谓山里富贵无人享，一路春风野菜香。在春天吃新鲜野菜，吸取天地生发之气、顺应时令之余，在大鱼大肉的春节之后，正好刮刮油水。

荠菜是我们最想挖的野菜之一，它是春菜里的鲜味代表，没有苦味和涩味，清新之气满溢。它嫩绿的叶子边缘带有锯齿，表面还有一层细绒毛。不少荠菜已经袅袅婷婷地抽出了苔，开满了白色的小碎花，在和风里舞动着纤细的腰肢。细赏荠菜的花，总状花序顶生，花瓣白色，匙形或卵形。民国时期《金陵杂志》

荠菜

蕨菜

记载："三月三日为荠菜花生日，妇女均插荠菜花于鬓边。"民谣曰："三月三，荠菜花赛牡丹。"走到山坡的向阳处，撞见一片经过上亿年进化、曾经是恐龙的主食——蕨菜，它们粗壮肥硕，像蜷曲着的小龙。蕨菜于人类也有着悠久的食用历史，《诗经·召南·草虫》中"陟彼南山，言采其蕨"就描绘了一番人们成群结队在南山采蕨的场景。黄庭坚形容它"嫩芽初长小儿拳"，杨万里为它赋诗："只逢笋蕨杯盘日，便是山林富贵天。稚子玉肤新脱锦，小儿紫臂未开拳。只嫌岭外无珍馔，一味春蔬不直钱。"一阵清风捎来缕缕诱人的植物香气，这是人间清欢、药食同源的鱼腥草，各种春天的风火之症它都能搞定。紫红色的嫩茎上伸开心脏形的叶片，或三五成群，或席地一片，光彩照人，让我立刻感到身轻如燕，食欲大增。这些野菜承日月精华，得雨露滋润，有着纯美的品质，吃上一口仿佛吞下了整个春天。

苦盖菜

鱼腥草

感恩神奇的大自然，赐予人类这样接地气的食物。对于野菜，我不仅喜爱它的味道，更欣赏它总是栖身荒野，平凡朴实，为布衣百姓送来清香。

玉树琼花四月天

有一种遇见，是四月新绿映白雪；有一种懂得，是不需要任何约定的遇见。昨日太白还是草长莺飞、春和景明的人间四月天，今天一场突如其来的春雪，为分水岭再次披上银装，变出一个冰清玉洁的新天地。

我和永生开着车缓缓行驶在太洋路上，数不清的银白色花朵从四面八方涌入眼帘，把我们带进了仿若银河仙境般的丛林深处。那些挂满了霜花的树枝，形如仙女镶钻带玉的银杖，就连冬天留下的枯叶也披上了一层水晶，焕发出琥珀般的光芒。羊奶子树上刚刚吐蕊的花朵和柳树发出的新叶，被冰雪温柔地包裹起来，虽然看上去像给它们盖上了小棉被，其实我非常担心它们受冻。落叶松的嫩芽顶着一团团晶莹洁白的

雪球，仿佛仙女裙上装饰的宝石般若隐若现。远山如黛，树梢上的积雪像洒在巧克力蛋糕上的一层厚厚的糖霜，不见踪影的鸟儿们藏身在下面取暖。酒红色的桦树和翠绿的冷杉伫立在白茫茫的天地中，构成了一幅“山明水近夜来雪，数树深红出碧绿”的水墨画。

四月的雪穿越了时间，怀着一颗纯真的心，带着盈盈的笑容，来装点这个春天。四月的雪裹着新绿，一个冰润，一个娇嫩，注定是最美的相遇。四月的雪可遇而不可求，让我们的眼睛充满孩童般的好奇，无畏生命中的无常。

2018 年 4 月

议事厅

布达佩斯的象征

多瑙河

多年前在杰森·斯坦森主演的电影《玩命快递 3》中看到过匈牙利国会大厦的华丽身影，这次来到布达佩斯交流学习，有幸在热情的陕西商会曹会长的安排下参观了国会大厦，匈牙利负责文化事务方面的国会议员接待了我们，并给予了专业的讲解。

匈牙利首都布达佩斯是欧洲著名古城，位于国境中北部，坐落在多瑙河中游两岸，这里的地标性建筑就是位于 Kossuth Lajos 广场的国会大厦。国会大厦面向多瑙河，是欧洲第二大的议会大楼，采用当时流行的哥特式建筑风格，可以说是最美的议会建筑，成为众多电影制作团队青睐的取景地。

国会大厦

通过严格安检进入大厦后，立刻感受到视觉的震撼。洁白的大理石地面铺着火红色的地毯，金碧辉煌的高大穹顶上展示着一幅幅精美绝伦的天顶壁画。解说员告诉我们大厦于 1896 年开工，到 1904 年完工启用。楼高 96 米，整幢建筑使用的所有材料，除 4 根棕色花岗岩柱子是瑞典国王赠送之外，全部都是匈牙利自产，其中还用到了 40 千克的黄金做装饰。当时已经全面采用了电灯、电梯、机械通风、冷暖空调等先进设备等。大厦共有 691 个房间、会议室和大厅，27 扇大门，楼梯总长达 20 多千米。大厦内遍布匈牙利历史名人的肖像，以及描绘匈牙利历史事件的巨幅壁画。我们来到国会大厦的心脏——议事厅，国会议员开会的场所。正中央是议长的专座，周围是环形的座椅，整个布局就像一个小型剧场。在议事厅外面的休息区，议员们在会议间歇时常常会自在地点燃一根

议事厅外面的休息区

雪茄，放松片刻。由于休息时间较短，专门准备了标注着号码的金属容器，让议员们可以把未抽完的雪茄放在里面，以便分清雪茄的主人。

从国会大厦眺望蓝色多瑙河，春日的阳光将天空的颜色投影在河面上，让古老的河水也变得年轻了。对岸缤纷多彩的各式建筑鳞次栉比，马加什教堂的石造尖塔格外醒目。历史和现实相遇于此刻，低吟浅唱，令人不舍离去。

雪茄金属容器

一闪而过的美

老邓一个人住在周至塔峪的半山腰上，虽然只有几间朴素的平房，可是只需站在他家门前，就能西望太白山之积雪，南观终南山之峻险，北览渭水之秀美，云林烟村尽收眼底，可谓是神仙居住的地方。

谷雨刚过，热情的老邓就邀请我去他那里摘樱桃。早晨和朋友开车到塔峪，把车停在大秦寺后步行进山，新鲜的空气让步子也轻快起来。半小时后到了老邓的家，就在前院正对的斜坡上，藏在树林里的樱桃闪闪烁烁，一下子捕获了我们的眼睛。轻轻摘下一粒，放

入嘴里，甜中带着酸，酸中透着甜，完美平衡的酸甜味道，久久地留在了心上，有一种说不尽的儿时滋味。老邓见我们吃得这么小心，笑着说：“这几棵树都是给你们留的，随便吃。”于是我们抓着树枝，挑选最红最艳的樱桃，奢侈地一把把塞进口中，直把樱桃吃到醉，留下一地樱桃核。

小时候对樱桃尤为钟爱，是由于能吃到樱桃的季节很短，一不小心就会错过。每当麦子黄了，樱桃也就熟了，总盼着去山里摘樱桃。人们常说樱桃好吃树难栽，这并非虚言，主要是它们的根系太娇气了，既不耐旱，也不耐涝。山里没人种樱桃树，我们摘的是野生的毛樱桃，大多长在山路两旁或石头滩中。毛樱桃成熟时颜色鲜红，玲珑剔透，它的皮很薄，果肉极其细嫩，口感是欧洲甜樱桃无法媲美的。

毛樱桃和樱花一样，生命只有短短的一周时间。凡·高在给弟弟的信中说：“世界美在色彩对比，春天、夏天是红与绿对比，秋天是黄与蓝对比，冬天是黑与白对比。”樱桃最能代表春天的美，它像绿色世界里的红精灵，来也匆匆，去也匆匆。正是它短暂的停留和天赐的娇嫩，才在童年里给我留下了最美的期盼和怀念。

2018年4月

婚礼蛋糕石

澳洲游记（一）

直摄人心的美

明媚的天空和蔚蓝的大海是悉尼给我的第一印象，上帝似乎总是在这里下功夫雕琢美景。我们一大早从悉尼以南30千米的迪班小镇驶入皇家国家公园时，更是被大自然的鬼斧神工所征服。该公园在世界最古老的国家公园中排名第二位，沿着海岸线向南徒步，一路都是旖旎风光。陡峭的悬崖和深邃的海洋相依相伴，蓝天碧水金沙，干净得出乎想象，不留痕迹地融化了世间烦恼，仿佛自己已化身为一只自由自在的海鸟。

辽阔的南太平洋在晴朗的天气里如同一块巨大的蓝宝石，远望天水相连，璀璨夺目。自然的力量是无穷的，在海风海水的日夜洗礼下，我们看到的岩石呈现出变化多端的色泽和形态，橘黄的亮丽、棕褐的沉稳、米白的纯净，像蜂窝、像野兽、像连环的水池，既有工笔画般的精致，又有泼墨挥毫的随性。其中最著名的就属“婚礼蛋糕石”了。蛋糕石耸立在海岸徒步线上4千米左右的悬崖边，洁白如奶油，层层重叠，边缘切割整齐。巨石下荡漾着蓝色丝绒般的海水，如梦似幻，纯洁高贵，犹如“婚礼上的蛋糕”。这个岩石群当属大自然的杰作，集冷静和狂野，苍老与甜美于一身，令人回味悠长。

悉尼皇家国家公园

龙血树

沿途风光一边是涛声、岩石海岸线，一边是茂密的树林。佳木葱茏，曲径通幽，琳琅满目的植物争奇斗艳，大部分都是澳洲的本土植物。生长在岩石上的山龙眼科灌木佛塔树，棒状花序形如宝塔，故称“佛塔树”。繁繁密密的红千层，花形极为奇特，一根根红色的穗状花蕊像极了瓶刷。还有类似竹子的植物，其实是棕榈树的一种。除了美不胜收的花草树木，还不时遇到蜥蜴和花腿蜘蛛。一路上睁大着好奇的眼睛，这里的一切带给我们的都是秀美绝伦的视觉盛宴。

2019 年 3 月

悉尼皇家国家公园

澳洲游记（二）

只知花名未闻花香

铁海棠

二月份的西安还处在山寒水冷之中，体会不到“二月春风似剪刀”的诗意，南半球的澳洲已步入盛夏，芳草如茵，野花遍地。澳洲由于四面环海，地理上的孤立性妨碍了本区植物区系同相邻大陆植物区系间的交流。澳大利亚被称为“世界活化石博物馆”，据统计，这里有植物约1.2万种，其中9000种是其他国家没有的。这些植物花型奇特，色彩美艳，绽开在澳洲旷野大地上，将这片全球最干燥的大陆变成一片缤纷多姿的世界。千百年来，在偌大的草原、沙漠、海岸线上，它们用独特的魅力演绎着一段段传奇佳话……可是，它们的身世却鲜为人知。今天我们就一起在原产地欣赏其独特魅力，一饱眼福。

蒂罗花

斑克木

一、蒂罗花：又称帝王花，山龙眼科蒂罗花属的一种大型灌木。其花朵硕大、花形奇特、瑰丽多彩，号称“花中之王”。久开不败的帝王花，被誉为全世界最富贵华丽的鲜花，代表着旺盛而顽强的生命力，并象征着胜利、圆满与吉祥。帝王花也有性别之分，苞片完全打开，花朵扁平，一幅外向霸气模样的是雄性，通常被称为帝王。苞片半闭，花朵相对修长，花心和苞片被一些绒毛覆盖的是雌性，通常被称为皇后。皇后分泌一种花蜜，吸引昆虫前来授粉。

二、铁海棠：又叫虎刺梅，浑身带刺，是一种美丽与危险并存的植物。铁海棠深受各国人喜爱，由于它的花期在圣诞节期间，故被亲切地称为“圣诞刺”。它尖硬的针刺布满了枝干，却开出蝴蝶状的娇小玲珑的花朵，几朵围成一簇，艳粉色苞片，倔强孤傲。

三、斑克木：山龙眼科佛塔树属的一类灌木。其硕大而直立的棒状花序由众多小花紧密排列而成，形如宝塔状，故又称“佛塔树”。花色从橙红到黄绿，造型有稻穗圈和针叶卷状，竖挂皆有，花序纷繁，尽

使君子

野牡丹

双色野鸢尾

显热带植物的蓬勃活力。

四、使君子：使君子科使君子属攀缘灌木。它的果实是一味驱蛔虫的传统中药，亦花亦药，具有很高的实用价值。它在同一株花朵上可以呈现红色、粉色、白色三种颜色，像美丽的姑娘一天三次变换着身上的衣服。它是倒吊着开花，在夜晚初开时为白色花朵，渐渐地变成粉色，第二天由粉色变换成鲜红色。完全打开后花朵就会向下低垂，犹如虚怀若谷的君子，低着头，十分谦虚有礼，因此而得名使君子。

五、双色野鸢尾：鸢尾科多年生草本植物。花瓣是淡淡的奶黄色，上面有三个暗紫色斑点，每个斑点边缘有一圈橙色轮廓。基部有巧克力色斑纹，为昆虫的蜜标，能吸引昆虫授粉。花朵仅一天寿命，但是花开花谢不断，是非常耐旱的植物。

六、野牡丹：野牡丹科野牡丹属植物。野牡丹在众多野花中脱颖而出，嫣然一笑百媚生，万千野花皆失色。野牡丹虽然向野而生，但其绮丽之态直逼牡丹，故而得名。自然又富有灵气是它的花语。

嘉兰

针垫花

七、嘉兰：百合科攀缘植物。花瓣向后反卷是其显著的特征，花名来源于拉丁语的“惊叹”“美丽”之意。花瓣的瓣缘呈波纹状，如跳动的火焰。花语为荣光之花。

八、针垫花：澳洲特有山龙眼科植物。形如其名，花朵像大头针插在球形的针垫上，十分少见。颜色缤纷，常见的有红色、黄色、橙色等，很是招人喜爱。这种花非常古老和原始，它是植物王国里的活化石。针垫花的花语是无限祝福。

银桦

九、银桦：山龙眼科植物。株形多变，分枝纤细，树冠飘逸，盛花时红艳一片。凤尾摆、羽翩跹，幻中思、梦境仙。俏形花炬百丝丹，慢慢卷、曲环妍。细柔红蕊绽芳颜，耸高梢、秀色连。它的花语是情思缠绵。

龙牙花

十、龙牙花：龙牙花红叶扶疏，初夏开花，远看犹如一支支红色的象牙突出于绿叶丛中，故而有象牙红之称。其美艳的身姿，恰为夏日时节携来一份火热的情怀，它代表着英勇战斗的女战士，它的花语为荣耀。

十一、莲花掌：是景天科莲花掌属植物。因其莲

莲花掌

座状叶盘一层层叠生，形似池中朵朵盛开的莲花而得名。倒卵匙形叶互生，先端圆而有小尖，微向内弯曲，使全株呈浅漏斗形。在充足的阳光照射下，不但株形紧凑，而且叶片肥厚如翠玉，冬季气温较低时，叶片边缘会呈现红褐色，随着气温转暖逐渐恢复正常。莲花掌华丽雅致，四季常开，被誉为永不凋谢的花朵。又因莲花为佛的宝座，所以还有“神明草”之称。

2019 年 3 月

行胜于言

阳春三月，花团锦簇，在这样一个美好的时节，我们来到百年老校、中国顶级学府——清华大学医学院，举行新通在发展进程中一个非常激动人心的仪式！感谢张林琦教授接受西安新通药物研究有限公司的盛情邀请，担任西安新通药物的科学顾问。张林琦教授拥有宽广的国际化视野和强烈的创新意识，他就任西安新通药物的科学顾问，对于新通药物创新药的研究、实现新通人的初心和愿景，有着极为重大的意义。

新通人的初心既简单又坚定，那就是：研究几种中国患者临床上没有的药。也就是张教授说的，安全、有效，惠及广大百姓，造福于我国和世界人民的新药。新药研究是衡量一个国家综合实力的指标之一，成功

的关键是精英团队。如果没有一个精英团队，我们的初心就无法实现。

新通有两大资产，一个是账上的资产，一个就是人才。十九年来，新通从一个无技术、无资金、无人才的“三无”公司起步，发展到今天拥有四款创新药，就是因为我们不断汇聚人才，把人才放在最重要的位置。可以肯定的是，中国创新药产业迎来了最好的时代，无论是对高端创新人才的重视还是在药品审评审批政策的改革，习主席宣布的科创版注册制等，国家都在积极地鼓励创新药，因为只有创新药才是中国医药崛起的必经之路。

日晷

位于清华大学礼堂前大草坪的著名古代计时器日晷，原为圆明园遗物，1920 届学生毕业时作为纪念物献给母校。底座上镌刻着1920级的铭言“行胜于言”的中文及其拉丁文译文，从此“行胜于言”成为清华的校风。这种校风使清华培养了一大批实干报国的优秀人才。让我们言必求实，以行证言，在为梦想而拼搏的道路上携手并进！

2019 年 3 月

船在花中游

昨天有幸拜见了中国民族医药巨头扬子江药业的徐董事长，会后，热情的徐总邀请我们去兴化观赏了正当季节的油菜花胜景。

到了兴化东旺村，沿木栈道来到观光台上，一望无垠的油菜花美景的确前所未见——河有万湾多碧水，田无一垛不黄花。金色的油菜花田被弯弯曲曲的河道隔成一座座花岛，映现出千岛黄花的独特风光。徐总告诉我们，这里的垛田传说是当年抗金女英雄梁红玉大战金兵摆下的八卦阵。

在兴化赏花的妙处，是可以坐船移步到油菜花田深处。农家女划着双桨，坐在悠悠小船上，如人一般高的油菜花触手可及。纤尘不染的油菜花形成一道道天然的花墙，隔壁河道上的船与人若隐若现穿梭在花墙之中，远远近近，构成一幅梦幻的水上花景。“姿容清丽厌奢华，淡淡平平不自夸。”油菜花虽然貌不惊人，但它是春的信使，由它宣告每一年春天的来临。此时此刻，被清新宜人的花香与无边无际的金色裹挟着，有一种微醺的效果，只想放空在这醉人的花海里，才不负此行。

2019 年 4 月

无须刻意的美好

暮春时分，万物生长渐旺，夺人眼球的桃花、樱花、杏花已然谢幕，树叶的绿色也逐渐转浓。大自然不管人世间的喜怒哀乐，总是按自己不变的节奏更替着四季。午饭后我在公司院子里散步，想好好感受今年最后一片春色。公司院子并不是太深，但各色植物茂盛如蓬。仔细看来，发现还有好几种低调的野花默默守护着这个春天，静静地迎接生命的荣枯，不争而自在。众花飘尽野独秀，不妨来认识一下这些美丽的小野花。

鸡矢藤

一、鸡矢藤。听名字就知道鸡矢藤有臭味，其叶用手揉烂，闻之有一股鸡屎味。让人很难想到的是，鸡矢藤虽臭却可以制作出美食。在我国海南岛的琼海，就有食用鸡矢藤的传统。每逢七月初一，家家户户必吃用鸡矢藤和大米制作的鸡矢藤粑仔，当地人也把鸡矢藤粑仔作为妇女产后、体质虚弱者的滋补品。在广西和云南，人们也有食鸡矢藤的习惯。经过加工制作，鸡矢藤不但臭味全无，而且清香可口。

翅果菊

二、翅果菊。它最大的作用不是观赏，也不是供人和动物食用，而是有催乳的功效，正在为母乳少而发愁的妈妈们不妨去试试。翅果菊根为中药白龙头，具有清热解毒、祛风除湿、活血化瘀的功能。

三、花叶苦滇菜。它会开出像蒲公英一样的黄色小花，是一种药食两用植物，富含胡萝卜素、维生素C、钾、钙等，能够预防和治疗贫血。小时候常常采摘回

苦荬菜

花叶苦滇菜

家做凉拌菜或蒸麦饭吃。

四、黄鹌菜。这是一种容易被人忽略的植物，开花前无人留意，开花后纤细的花朵极其低调，瘦长的枝干摇曳风中，一副快乐悠闲的样子。它是一级无公害蔬菜，含有较高的膳食纤维，同时具有消肿、止痛、治感冒的药用价值。

五、苦荬菜。《诗经》云：“采苦采苦，首阳之下。”苦荬菜全草入药，具有清热解毒、去腐化脓、止血生肌的功效。在饥荒年代，人们挖苦荬菜充饥。《救荒本草》记载：“采苗叶炸熟，用水浸去苦味，淘洗净，油盐调食。”还可清炒、腌渍、做汤、拌馅，吃起来别有风味。

六、泽漆，也叫五朵云。每一株撑出 5 支伞柄，每支伞柄上又分出三支，分不清是花是叶。泽漆的茎饱含白色乳汁，乳汁可以用来制漆，所以叫“泽漆”。但这种乳汁是有毒的，沾到皮肤上会引起红肿不适。

七、鹅肠菜。这是一种生命力极为旺盛的植物，柔枝弱本，杏叶兰茎。一年到头开满了白色星形花朵，四处散播数万颗种子，因此它还有一个很诗意的名

泽漆

鹅肠菜

字——繁缕。嫩鹅肠可以食用，营养丰富，是一种高品质的野生蔬菜，柔嫩鲜美的茎叶适合做羹、面糊和汤，皆是人间美味。

八、蛇莓。小时候听大人说蛇莓生长的地方经常有蛇，所以叫蛇莓。蛇莓果跟野草莓长的很相似，但是口味平淡无奇，并非美味。

蛇莓

九、小飞蓬。第一次听到这个美丽动听的名字就很喜欢，它属于外来入侵植物，常生于旷野。该植物可以产生大量瘦果，瘦果借冠毛随风飘散，蔓延极快，它还会分泌一种化学物质抑制邻近其他植物生长。李白在《送杜二甫》里写道：“飞蓬各自远，且尽手中杯。”干枯的蓬草随风各自飘远，以后可能都不会再相见，我们暂且先干了这杯酒。其中的“飞蓬”可能就是小飞蓬，以寓离别之意，抒难舍之情。

生活在城市中的我们远离野花太久，与人工培育的花卉相伴太长。当我们把疲顿的目光投向那星星点点朴素的野花时，就会觉得这个世界如此开阔敞亮，因为有一份无须刻意的美好。

小飞蓬

2019年4月

久在樊笼里　复得返自然

早春二月，寒冷还包裹着大地，但风已不再凛冽刺骨，阳光捎来阵阵暖意，被新冠病毒阴霾笼罩的天空也开始变得湛蓝。田野里的泥胡菜憋足了劲，褪去冬日的枯叶，生出翠绿的嫩叶，呈莲座状紧贴着地面，迎接这个期盼已久的春天的到来。

泥胡菜形似蒲公英，两面异色，正面绿色、无毛，背面灰白色、厚绒毛，好像撒了一层石灰，所以别名又叫石灰菜。其茎叶的质地很纤薄，看上去一幅柔若无骨的模样。风吹过时叶片的背部会不自觉地反卷、

晃动，有星星点点的亮光闪烁，令人眼花缭乱。

泥胡菜自古以来就被人们食用，更是荒年里不可或缺的宝贝。立春后是吃泥胡菜最好的时候，茎秆脆嫩，水分充足。择洗干净后先用开水焯一下，再浸泡几小时，可以清炒、凉拌或下面条，清香味美。泥胡菜还是一种药用植物，全草入药，具有清热解毒的功效。外用可以捣烂后治疗跌打损伤，起到活血化瘀、减轻疼痛的作用。

泥胡菜让闭关已久的我触摸到自然的气息，体会到当下的健康与自由弥足珍贵。虽然今年的春天有些不同以往，但我们相信，春天的脚步不会因一场逆境而停滞。希望如约而至的不止春天，还有疫情过后平安的中国。

2020 年 2 月

二月蓝

紫气春来

三月新冠疫情还在肆虐，全国各地的街头巷尾一派寂静，太白也没能例外。如往日般出门晨练，经过方才关村槐树林的时候，一大片二月蓝紧紧地簇拥着，仿佛一团紫气向我缓缓飘来，让我不由自主地靠近。我小心地走进树林，与二月蓝亲密对视。每朵花的四片花瓣呈十字形排列，组成了无数小巧的风车，在春风里旋转着，将童年的一帧帧画面带回到眼前。

二月蓝是我的家乡太白在春天最早开放的野花。小时候太白的冬季很漫长，降雪量大，旷野总被白雪所覆盖。当别的花儿还在为春寒而犹豫时，二月蓝早早地为我们带来了春的色彩与问候。那时不了解它的名字，只知道一看到这种紫色小花盛开，寒冬就结束了。二月蓝因在农历二月前后开出蓝紫色花，故而得名。随着春天的第一缕微风拂过，二月蓝开始绽放，

最初只有一两朵，不经意间就汇成了迷人的紫色海洋。二月蓝吃苦耐劳，对生存条件要求低，既耐寒又耐旱。“千古幽贞是此花，不求闻达只烟霞。”它的容貌柔美恬静，却让人感到生命的顽强。二月蓝又叫“诸葛菜”，据民间传说，诸葛亮率军出征时曾以二月蓝的茎叶为菜，后将其作为军粮广为种植。

随着年龄的增长，见过了各式各样的花，对二月蓝的喜爱更加深刻了。它的美是一种“适度”的美，不太多，也不太少，自带光芒，却不炫耀。世间万事万物都有一定的量度，过犹不及，最难得的是刚刚好。适度好比是一碗不冷不烫的粥，是一个晴朗得恰到好处的早晨，是相爱的伴侣给到彼此的一段空间，是一份不会让你太兴奋、却回味悠长的淡淡的幸福。难怪自从二月蓝进入我的世界后，便永远不能忘怀，以至于注册了一个公司取名就叫“二月蓝”。

现代社会导致人类对物质的欲望过度膨胀，越来越忽略了对心灵的滋养。我们最好定期远离喧嚣都市，去面对草木，去凝望群星，去敞开心扉。正如槐树林中盛开的二月蓝，不在乎周围的环境，不在乎是否有观众，只保持自己内心的适度和美好。

2020年3月

有一种力量叫温暖柔韧

“接创业园最新通知，不再要求做核酸检查，鼓励企业尽快复工……”这是三月第一天收到的最好的消息。明天就要复工，趁着天气晴好，惠风和畅，走路去创业园看结香花。不等我来到跟前，就被一股花香给俘虏，那是收藏在记忆中的独特香味，浓而不烈，有化不开的甜蜜在里面。吮吸着花香，那份让嘴角上扬的欢愉刹那间带走了艰难的二月，让我对三月充满了期待。

结香枝条奇特，树姿清逸，先花后叶。光秃秃的枝条顶端均成三叉状，一朵朵花球密密匝匝挂在树杈上。细管状的花萼外层毛茸茸的，先端 4 浅裂。凝

结香花

视花萼裂片的内面，是一尘不染的金黄色，裂片边缘还镶嵌了一圈银色的丝状绒毛。每朵小花中心，看得见4枚雄蕊，也是金黄色的，还有4枚雄蕊藏在下面，精巧细腻的构造让人惊叹。

结香枝条柔软而坚韧，可以任意打结而不会折断，又叫打结树，被赋予喜结连理之意。它是中国的“爱情树”，好比结发夫妻，象征长长久久的爱情。据说用结香枝条打了结，就可以解百忧，做了美梦可以圆梦，做了噩梦可以化解，又叫“梦花”。少女将树枝打结，许下愿望，就可以找到如意郎君……结香，你就是美好的象征，难怪你有那么多好听的名字。结香浑身都是宝，它的茎皮纤维是制造人民币纸张的主要原料。全株入药，可治疗跌打损伤、风湿痛。其花叫藏绿萝，放在枕头下面具有安神的作用，泡饮还能清肝明目。

望着结香树上一个又一个结，不断不裂，安然生长，如同什么事情都未曾发生一样。原来，温暖柔韧是一种智慧，更是一种力量！没有什么比温柔更有力量，也没有什么比真正的力量更温柔。我随意拿起一根棕红色枝条，慎重地打了一个结，心里默念着，许下一个美好的心愿……

2020年3月

荒野里的“郁金香”

周末的蓝关古道晴空万里，到处弥漫着初春的悦人气息。我放慢脚步，在碎石错落的荒坡上、干枯的蒿草里，不经意间发现了颜值最高的野花之一——白头翁。三月中旬的山脊依然是冬天的模样，星星点点的绿色刚从土里渗出，我不敢奢望能看到太多的野花，但大片枯草中屈指可数的几朵白头翁花仿佛已等候我多时，带来一份不小的惊喜！

白头翁株型矮小，若要好好地观察，自然要放低身姿，蹲下、甚至趴下来才能窥得它的全貌。初生的花蕾有着惊人的颜色和质感，像刚刚破壳的紫色小鸟披着一层细软的绒毛。花朵形态跟郁金香有几分相似，被植物学家称为“中国的郁金香”。六片丝绒质感的紫色萼片排成两轮，包围着花蕊，雄蕊团聚如球，簇拥雌蕊于中。层层的花柱细密如丝，鹅黄色的花蕊与紫色的花瓣形成鲜明对比，仿佛一件精心雕琢的艺术品。当其他植物尚未苏醒之时，白头翁以天地间最纯粹的紫色惊艳荒野，让人过目不忘。

白头翁从花开到种子成熟，只有一个多月的时间。到了花落之时，花柱不落，继续留存生长成众多白丝，随风飘扬看似一个长发白须的老者，傲然立于无人问津的荒野。花开时美如少女，花谢后果实却像白头老翁，正是“朝如青丝暮成雪”。春分后是白头翁的盛放时期，此时正值西方的复活节，所以在欧美国家，

白头翁被称为"复活节之花",象征着重生与希望。白头翁不仅貌美,还具有治病救人的实用价值。唐代诗人杜甫肚子疼痛难忍时,就是它治好了诗人的病,随后赋诗叹道:"自怜白头无人问,怜人乃为白头翁。"之后李白赞美它:"醉入田家去,行歌荒野中。如何青草里,亦有白头翁。"医圣张仲景的《伤寒杂病论》中,有"热利下重者,白头翁汤主之"的记述。

我匍匐在一株白头翁的身侧,为与它的相遇而庆幸。大自然无时无刻不在倾力馈赠,以启迪我们对生命的热爱。即使十分贫瘠的土地依然挡不住这种异常坚韧的野花率先绽放,冬日的冰雪与寒风都为它赞叹,三月的阳光更让它恣意美丽!

2020 年 3 月

千古芳华伴君安

母亲信佛，在寺庙做义工几十年，全身心都扑在上面。她最喜欢去的地方就是寺庙，只要遇见寺庙都会进去拜一拜。春天已过半，因为疫情的桎梏，母亲快一个月没有出门，今天我特意带她到周至县游千年古刹——仙游寺。

仙游寺位于县城南 17 千米的黑水峪口，由于兴建黑河水库，现在看到的寺庙均为易地重建。和我们预料的一样，寺庙还未对公众开放，不过满眼青山碧水，桃红柳绿，宝塔白云，已足够让人心情舒畅。仙游寺始建于隋文帝开皇十八年，原名“仙游宫”，系隋文帝行宫。仁寿元年隋文帝为了安置佛舍利，于十月十五日命大兴善寺的高僧童真送佛舍利至仙游宫，建舍利塔安置，易宫为寺，改称仙游寺。寺庙于唐代达到鼎盛，《全唐诗》中与仙游寺有关的诗赋多达四十余首，其中著名的《长恨歌》就诞生于此。白居

易任盩厔（今周至）县尉时，有一日与好友王质夫到仙游寺游览，其间说起了唐玄宗与杨贵妃，王质夫说像这样可歌可泣的爱情故事，如果没有大手笔加工润色，就会随着时间的推移而消失殆尽！于是在他的鼓励下，白居易写下了《长恨歌》这首长诗。唐代以后仙游寺就逐渐衰败，苏东坡《仙游北寺》诗中道：“唐初传有此，乱世不留碑。”

围绕着仙游寺漫步时，偶遇一大片紫玉兰花，吸引我和母亲驻足欣赏。正值黄金花期的紫玉兰光华耀日，花型唯美大方，有一种中国古典美女的气质。花瓣由外及内从富丽的紫红色过渡到清纯的乳白色，厚实犹如重磅真丝，呈现出高级的哑光质地，还散发着悦人的芳香。紫玉兰是先花后叶的植物——开花时满树尽是花朵，待花瓣落尽后，才长出嫩绿的新叶。此后叶片逐渐转为深绿，即使在无花的季节依然是耐看

的风景。

紫玉兰除了具有极高的观赏价值，还是一味有着两千多年历史的传统中药。花蕾晒干后在中药中被称为辛夷，具有发散风寒，通鼻窍的功效，历来是中医治鼻病的主药。紫玉兰的花语：芳香情思，代表浓浓的情义。紫玉兰含苞未放时的样子，极似立着的毛笔。所以若想夸赞一个人文笔好有才华，可以向对方赠送紫玉兰，以表达欣赏之情。

漫天的紫玉兰花是北方春季花卉里的耀眼明星，一树花开，岁月沉香。她告知我们疫情已近尾声，春天如约而来，平安重回中国。

仙游寺踏春

花红无须绿叶衬，
辛夷含苞胭脂染。
羽衣仙子随春来，
千古芳华伴君安。

2020 年 3 月

心恋棣棠花

今年的清明假期难得没有下雨，天地清朗，正适合放歌逐春。我们驱车沿环山路从西楼观村进山，经过老子在楼观台讲经时居住之地，到了就峪村后下车步行。沿途茂林流泉，古栈道斑驳悠静，又是一片理想中的净土。

峪内漫山遍野的棣棠花开了，清风拂过，扬起一片片金色的涟漪。此刻，心中回荡起“棣棠丛丛朝雾蒙蒙，水车小屋静传来阵阵儿歌声北国的春天！啊北国的春天已来临……”这首老歌。日本将棣棠花叫作山吹，这是因为在古日语中，鲜艳的浓黄色就称作山吹色。溪涧边盛放的棣棠花无拘无束，自由烂漫，沿着翠绿柔嫩的枝条比肩簇拥，划出一道道优美的弧线，在澄澈见底的溪水衬托下，更加光彩夺目。溪水之静

谧，金色之纯粹，代表了暮春稍纵即逝的美。

棣棠，听到这书卷气的名字就知道它是中国古老的花卉之一。棣棠花的花语是“高贵”，它敢与御袍比尊贵，“十分深似御袍黄”，倍受古代文人墨客的推崇。李商隐、宋徽宗等诸多名家为其作赋：“绿罗摇曳郁梅英，袅袅柔条韡韡金”；“黄深碧浅娇无奈，摇曳绿罗金缕带”。宋代金石家、书法家宋徽宗赵佶的《棣棠花》诗帖至今在北京故宫博物院收藏。棣棠花不止风情万种，还有很好的药用价值，入药具有消肿、镇痛、助消化的功效，它的茎髓有催乳利尿之效。

棣棠的美耐人寻味，冷艳与娇俏这两种相悖的感觉竟然在这一抹金色中完美交织在一起。人间最美四月天，趁着棣棠花开，赴一场春之约，让花香沾满衣襟，让金色染上眉梢，让我们忘记严冬的禁锢和疫情的肆虐，甚至忘记了自己的存在。

2020 年 4 月

素心如雪

留存在记忆中的那些美妙时光，都是自带香气的。明天就要立夏，在庚子年春天的最后一个清晨，我步入了家乡的黄凤山。

野径斜斜，鸟语成韵，未见花开先闻花香。寻着花香找去，五月的黄凤山下雪了吗？山坡上一片白花葳蕤，簇簇成群，在花期将尽的五月，美得有些出人意料。走近细看，原来是单纯可爱的山荆子。洁白轻盈的花瓣犹如片片雪花，缀满层层枝蔓。浅橘色的花蕊丝丝分明，像小皇冠般镶嵌在五片花瓣的中心。一粒粒蓓蕾似含羞待放的少女，盛开后粉色褪去，素白如雪，纯真动人。

山荆子从孩提时代就开始陪伴着我。每年到了十

月，下上几场霜，山荆子树叶飘落，满树红黄相间的果实变得酸甜可口，是我和家中哥哥姐姐们最喜爱的野果之一。那种美味难以忘怀，以至于现在五花八门的水果都显得平淡无味。

“蔼蔼花蕊乱，飞飞蜂蝶多。幽栖身懒动，客至欲如何”。今夕何夕，这场如梦如幻的“五月雪”带来一段超然物外的时光，让我沉迷在古诗词的画面里，忘记了事业的艰辛，心生喜乐与安宁。

2020 年 5 月

早春气息

和煦的阳光迎来了大年初一，也迎来全新的憧憬。上午我在公司值班，中途下楼到院子里转转，想看一看嫩芽刚刚睡醒的样子，找一找春天的气息。

杏树虽然一点萌发的迹象都没有，但它的周围阿拉伯婆婆纳蓝莹莹的小花已经悄然开放了。即使在明亮的光线下，婆婆纳的花朵实在太小了，也丝毫不能引起人们的关注。我蹲下来和它们打招呼，淡蓝色花萼上面的细条纹就像水彩笔画上去的一样，如此温柔，又如此坚强。婆婆纳聪明地借助于小将自身之美隐藏得如此之深，否则它一定不是今天这种默默无闻却自

婆婆纳

蒲公英

迎春花

得其乐的小野花了。

忽然发现一点点让人心动的亮黄，走近一看，原来是一株生长在枯草中的蒲公英。倔强的蒲公英花朵就像一枚邮票，把春天的信笺传递了过来。

绕到楼后面，遇见了农历新年期间应景而开的迎春花。金黄色的小花灵动可爱，每根细长的枝条上排列着七八朵，十分热闹，像一群跳舞的小仙子。迎春花熬过最冷的寒冬，生机勃发迎接万紫千红的春天。迎春花让我们知晓，凡是过往，皆为序章，在启程之刻，最艰难的部分已经完成。

路边一颗看似还在冬眠的玉兰树上，为数不多的

玉兰

花苞像几枝毛笔头，正吸收暖阳，积蓄力量，为绽放做准备。生命总是带着激情和希望，一往无前。数天之后，玉兰的芽苞会挣脱毛茸茸的外衣，展现出中国古典美女独有的娴雅高洁的面容。

抬头望去，一直期待的梅花已低调绽放。老枝新颜，淡粉色的花朵点缀在傲骨铮铮的枝头，吐露着沁人心脾的芬芳，给研发园的早春增添了无限韵味。梅花也是报春的使者，凌寒先发，只有迎春的赤诚，却“无意苦争春”。即使凋零了，化作了泥土，梅花依然留香缕缕，“只有香如故”。对梅花的欣赏不仅在于它耐得住严寒和寂寞，更钦佩它在生命的绝境之中开出希望之花。

梅花

冬去春来，韶光荏苒，变的是季节，不变的是初心。我相信每个人来到这个世界，都有一份待完成的使命。只要努力实干，保持热爱，所有美好的期许，都将一一实现。

领春木

引领春天的活化石

清明节前，我与好友相约走进了周至的苍峪，这里有雨后清爽的空气，新叶闪烁的光芒，令人心旷神怡。泻满了苍峪的春色如五彩祥云般纷至沓来——李花莹莹吐幽梦，桃花灼灼展芳华，棣棠灿灿压枝繁，草木葱茏，溪水湍急，鸟鸣啁啾。大自然用它的雄浑博大，滋养着每一个生命。万物就这样不急不缓地走过春天，书写着锦绣诗篇。

不经意间，我看见山路边溪水旁，一颗光秃秃的树上垂挂着朵朵如红璎珞般艳丽的小花簇，在不远处的翠竹映衬下分外夺目。仔细观察，这株璎珞飘飘的乔木竟然是久闻大名、初次谋面的领春木。它可是在六千五百万年前就存在，见证过恐龙的史前植物和稀有珍贵的古老濒危树种。领春木迄今仍处于野生状态，在世界许多地方已灭绝无踪。由于它对夏季高温干燥

极不适应，杭州植物园几经露地栽培，未获成功。今日在山中得见其芳容，实为一大幸事。

领春木为早春观花乔木，故名领春，因其树干纹理规整中正，又名“正心木”，春可赏花，夏可观果。它的树形整齐美观，花朵簇生于叶腋，花先于叶开放，无花瓣，数十根红色雄蕊呈长条形，恰似串在一起的小辣椒，人见人爱。领春木在中国种群数量很少，属于国家级保护植物。领春木是科长，又是属长，它所在的领春木科仅有一属，即领春木科领春木属。此属仅有两种植物，为中国的领春木和日本的多花领春木。

领春木在漫长的自然演化中默默引领着春天，几乎快被遗忘，很少人知道形单影只的它还是典型的东亚植物区系成分的特种，对研究古植物区系和古代地理气候有重要的学术价值。同时作为双子叶植物中最原始的物种领春木，被认为是解释双子叶植物进化过程的活化石。

难得一见的领春木启示我们，大自然绝不会毫无目的地去创造一切，它总是把每一种生物的基本结构都尽可能设计得完美。由此看来，如果有一种无懈可击的造物方式，那就是大自然的方式。

2021 年 3 月

邂逅仙子

诗圣杜甫云："炙背可以献天子，美芹由来知野人。"诗仙李白云："徒有献芹心，终流泣玉啼。"诗中的"芹"，并非我们日常吃的芹菜，而是林间草本植物——紫堇。著名植物学家吴征镒考证："堇"字古通"芹"字。

紫堇是我在太平峪西寺沟邂逅到的早春最为灵动的仙子。趁着沟内高大的乔木尚未枝繁叶茂，林中光线充足，紫堇争分夺秒地开出不可小觑的花朵。它们像一群停在枝头的小山雀，在山野间振翅欲飞，欢歌起舞。

紫堇所在的罂粟科美花云集，并且种类很多，我在西寺沟发现三种紫堇属植物，即刻叶紫堇、小药巴

蛋子和黄堇。

刻叶紫堇因其羽状分裂的叶片上具有缺刻状齿而得名。其花色多变，呈粉紫色、蓝紫色或乳白色，有时一颗植株上开着两种颜色的花朵。每朵花的顶端都长着一个紫色的小嘴巴，姿态优美，花型别致，如鸟雀扎堆聚在枝头，尾巴尖尖长长向上翘起，嘴巴向溪

水方向探去。它们喜欢生长在阴湿岩壁上，通常都与山涧溪流相伴，于水汽氤氲中更加彰显它们的空灵飘逸。太平峪本就是道家修行之所，这里的紫堇自然也带上了仙风道骨的气质，难怪在古代紫堇倍受道家追捧，名为“天宝龙芽”。吕洞宾编写的《纯阳吕真人药石制》里，有用紫堇炼制丹药的记载。它们边开花

边结果，像把小宝剑似的青青果荚陆续成熟，里面有一列种子，只要用手轻轻地触碰到成熟果荚，果荚就像一把张满的弓，以飞快的速度弹射出种子。

小药八旦子隶属罂粟科紫堇属实心延胡索组，因为其具有一枚球形实心的块茎，被统称为“延胡索”。阳光下的小药八旦子晶莹剔透，仿佛刚被春雨浸润般清新动人。它们在林荫下、岩壁上、石缝中随风舞动，小巧却分外惹眼。花朵外侧有两个天蓝色花瓣，下面的一枚较大花瓣作为传粉者的“停机坪”，而上面的一枚花瓣向后方伸长形成一个像尾巴一样长管，叫花距，花距里有产生蜜的腺体。昆虫在“停机坪”上扒着外侧花瓣、努力下压内侧花瓣，为了吸食花蜜进入距内，起到了传粉的作用。一条头顶红珠、背带黄毛的黑色幼虫趴在花瓣上，引起了我的注意，查询后才知道是冰清绢蝶的幼虫。冰清绢蝶是我国的珍稀蝴蝶，其幼虫的寄主植物就是小药八旦子。幼虫在 3 ～ 4 月啃食小药八旦子叶，之后化蛹成蝶，展示美丽的时间

一生中仅 30 余天。冰清绢蝶的翅膀透明如绢，褐色翅脉明显，是大自然设计师的宠儿，属于国家规定的“三有”保护动物，在昆虫学研究中有特殊的研究价值。

明媚的黄堇每朵花的瓣尖都带一点绿色，细长的花距像一枚枚黄金镶翡翠的别致发簪，一长溜花簪儿串成一串。黄堇花偶尔嵌入紫色、白色的刻叶紫堇和蓝色的小药八旦子，色彩和谐相互交织，极富自然野趣。

紫堇属大多是药用植物，具有活血、镇痛、接骨作用。它们性子烈，有毒性，因此紫堇又叫断肠草。一入夏，紫堇会突然消失不见痕迹，不仅花，连植株都难以找到，所以人们又把紫堇叫作“夏天无”。

春山多胜事，草色碧，野花紫。西寺沟里的紫堇花与大自然步调一致，不经意间带给我们惊喜。不争风华，不负春光，唯用真诚绽放其生命的光彩与力量。

2021 年 4 月

西寺沟里马蹄香

4月末的太平峪西寺沟水源丰足，草木渐深，蓓蕾绽开，目光所及皆为美景。春夏交接之际，各种野花迸发出挡不住的活力，于林下争妍斗艳。在数量众多、品种丰富的野花中，有一种散发着淡淡幽香、叶形如马蹄的独特植物，它就是中国二级濒危重点保护植物马蹄香。马蹄香株形挺立，三瓣组成的金黄色花朵镶嵌在心形叶面之上，黄绿相衬非常显眼。

看到马蹄香就不由得想起35年前，高中物理老师讲过的著名的宋代画院录用画师考试的故事。北宋

徽宗皇帝曾用一句古诗“踏花归去马蹄香”为命题，以此招聘宫廷画师。画师们绞尽脑汁，极力展现，有的在“踏花”上下功夫，马踏花瓣；有的在“马”上作文章，骏马奔驰；有的则突出“马蹄”。而赢得宋徽宗青睐的头名作品中连一朵花都没有，仅画了一匹飞奔的骏马扬蹄而来，一群蝴蝶在马蹄周围追逐飞舞……给人带来无穷的想象意境。

遇见都是天意，35年前的马蹄香故事，与此刻在太平峪里邂逅的马蹄香，都让我倾心不已。我不禁为它停下脚步，忘却了漫山盛开的其他野花。

马蹄香是马兜铃科特有的单种属植物，是被子植物中较为原始的一个种类，具有分化且辐射对称的分离花被、雄蕊12枚、蓇葖果状蒴果等特征，因此在马兜铃科中的演化地位也是最为原始的，是古老的孑遗植物，对研究植物系统演化及植物区系具有重要意义。

马蹄香对生境要求严格，种子萌发困难，加之其根茎可治胃寒痛、关节疼痛，鲜叶外用可治疮疡，经常被人们采挖，目前马蹄香已被我国列入濒危珍稀植物名录，世界自然保护联盟将其列为易危种。

濒危的马蹄香还是珍稀太白虎凤蝶唯一的寄主植物，这种蝴蝶的幼虫喜食马蹄香叶子。太白山是我国丰富的生物基因库之一，孕育了一大批珍稀动植物精

灵，其中大名鼎鼎的当属用它名字命名的太白虎凤蝶，因其翅膀上有黑色和黄色交替的犹如虎皮的条纹而得名。《中国物种保护红色名录》将太白虎凤蝶列为易危级别，它自 20 世纪 40 年代被我国学者发现后，一直神秘地存在于山林间。

马蹄香和太白虎凤蝶这种像夫妻一样忠诚的专性共生关系是大自然最奇妙的自然之道。马蹄香释放自己独特的化学气味来吸引太白虎凤蝶，从而帮助自己繁殖和生存；同时太白虎凤蝶也全心依恋马蹄香，达成生命的繁衍。

“草木有本心，何求美人折。”在这个怡情悦性的季节，我们何不与自然相亲，与万物为友。当取得一草一木的真心相待，就能与它们一起感受生命的鲜活色彩，共享自由的天性。

2021 年 4 月

野花四种

汪曾祺说："一定要爱着点儿什么，恰似草木对光阴的钟情。"在这个疫情和春风一样四处荡漾，时刻准备被封控的日子里，更勾起了我想去大山里认识每一棵树、每一株草和每一朵花的冲动。

清明时节的秦岭山区空气微凉，许多树枝上刚刚露出细小的嫩芽，数不清的植物种子从地下冒出新芽，从上至下映入眼帘的都是一片新绿。蜜蜂嗡嗡飞着，蝴蝶扇动着美丽的翅膀，它们忙碌的模样可爱极了。放眼望去，绿色的大舞台上闪烁着星星点点的光芒，细小但明亮，那是属于秦岭四月天的各种野花。钟情于这些野花，不仅仅源于她的色彩、她的娇柔、她翩翩的舞姿，更缘于与她无言的相处中带给我无尽的启发和感悟。

款冬花

一、款冬花

生长于路边乱石滩中的款冬花，把一抹冷艳的金黄绽放在春天的阳光下。四年前的正月十六，我在蓝田野猪坪遇到了从冰雪中钻出的款冬花，当时就被征服了。她在正月十五前开放，自冬天款款而来，"以坚冰为膏壤，吸霜雪以自濡"，是春天里最早绽放的野花，有着"春天第一花"的美誉。款冬极有性格，没有阳光不开放，所以要想看到她的美丽，必须在阳

光灿烂的日子里。款冬花的花蕾干燥后可以入药，有止咳润肺的作用。因为她花苞里的花瓣形似虎须，在中药里又叫款冬为虎须。

二、省沽油

省沽油

山坡上一种低矮的灌木开着粉嫩色的花朵，淡雅清新，一串串下垂如同璎珞。她的花萼和花瓣都是5枚，覆瓦状排列。花瓣直立，花盘平截，5 枚雄蕊，黄色的花药非常醒目。她有个特别的名字叫省沽油。到了秋天果实成熟后，膨胀的种子神似膀胱状，前端还有两个裂口，又名膀胱果，是我国稀有的可食用灌木。“沽油”就是买油的意思，“省沽油”就是不用去买油了。省沽油种子的含油率非常高，古人早就知道省沽油的这个特点，在寺庙、院落种植，收获种子，榨油食用或者点灯。省沽油果实具有润肺止咳的功效，花蕾及嫩叶是一种优质的野菜，据说古代专供皇家食用。

三、短柱侧金盏花

林下枯叶中孤单的几朵小白花，让我心中的明灯瞬间点亮。她的叶子像芹菜，二回羽状全裂，头上顶着盏状白色花朵，13 枚丝绸般质地的花瓣洁白晶莹，

短柱侧金盏花

众多黄色花药聚在绿色花心周围。翠绿、鹅黄和乳白三色搭配，简直就是天工神匠琢成的稀世珍品。花开正旺，白色花瓣上有半透明的平行纹路，温润如玉，琼花素颜，宁静高贵。

在最美的人间四月天，遇见白衣飘飘，纤尘不染的仙女，这是怎样的缘？眼前征服我的美丽小花叫短柱侧金盏。她开花时周围生长的高大植物还光秃秃的，她却用柔弱的身躯穿过层层枯枝落叶，赶在树叶渐茂之前开出一只只浅碟状花朵，吸收阳光的热量，让花蕊温度升高，引来传粉昆虫。这是侧金盏花利用错峰开花时间竞争阳光的一种生存智慧。等到树荫遮蔽阳光的时候，短柱侧金盏地上的植株就倒伏，处于休眠状态，躲在泥土中静静等待下一个春天的到来。侧金盏的根叫福寿草，具有养心安神，清肝泻火和利尿消肿之功。

四、齿萼报春花

报春花，从名字上就能知道它是预告春天的使者，第一眼看到她，就让我怦然心动。在山脚下阴坡沟，绝大多数草木仍在沉睡，齿萼报春花就从岩石上的枯叶里悄然冒出，准时宣告春天的到来。她花姿艳丽、小而精致。叶片紧贴地面呈莲座状，花葶从叶丛中抽

齿萼报春花

出，形成美丽的伞形花序，花冠呈漂亮的小喇叭状，端部5裂。在外形看上去相同的报春花中，其实有着两种细微处不同的花朵。一种雌蕊比雄蕊长，而另一种则是雄蕊比雌蕊长，这种特征叫作二型花柱。报春花的花蜜位于花朵的最底部，蜜蜂必须要从最狭窄的部位钻进去，才能采到花蜜。当蜜蜂采蜜的时候，它的头部会沾上比较短的雄蕊花粉，而身上则会沾上比较长的雄蕊花粉。当它们再造访第二朵花的时候，它们头上的花粉就会给较短的雌蕊授粉，而身上的花粉，则会给较长的雌蕊完成授粉。这样，就精准地实现了异花授粉的过程，让基因的交流更加充分。这种异花授粉特征，能有效地提高后代的生命力，使种群生生不息。如果要在秦岭的野花世界里评选“春天的使者”，有着独特的魅力与浪漫气质的报春花当之无愧。

秦岭里的野花在山中一隅静静地开放，散发着淡淡的幽香，让我着迷。她们不为人顾盼，却带着小小的傲骨坚强地活着。无论是乱石滩中黄艳艳的款冬花，还是阴坡沟里吹响春天号角的报春花，都以不同的姿态点缀着大山，让我们深深感受到生命之美、个性之美、自然之美。

2022年4月

四季拾芳

夏

你没吃过的白色野草莓

蓝田县的窄峪在秦岭七十二峪里不算出名，但正是由于它的默默无闻，才躲过了过度的开发和商业的喧哗，良好的生态环境得以保存。这里民风淳朴，夜不闭户，山民至今过着几间瓦房，数亩良田，男耕女织的田园慢生活。

夏意渐浓，站在绿草如茵的山坡上放眼望去，远方是连绵起伏的群山，头顶是透明的蓝天和洁白的云朵……如果说这样的景色不足为奇，那是因为你还没见过白色的野草莓。白色野草莓是陕南山区常见的野

生植物，为蔷薇科草莓属，有的地方把它叫作白泡儿。白草莓和普通草莓正好相反，普通草莓的籽是黄白色，而白草莓的籽是红色的。当表面的小籽呈现深红色时，就意味着果实成熟了。白草莓个头娇小，外表白皙像少女的脸庞，籽像一点点雀斑，香气馥郁，酸中带甜，尝一口有种初恋的味道。此时不用刻意寻找，正是白草莓成熟的季节，俯拾皆是。我和家人一起动手，采摘了满满几篮，带回西安与朋友们分享，一定会大受欢迎。

白色野草莓让都市人体验到回归天然的美好，它的长相虽然没有人工培养的草莓艳丽，但其浑然天成的内在品质远远超过了人工草莓。正所谓大气象者不讲排场，讲大排场者露小气，大成者谦逊平和，小成者不可一世。

2014年6月

夏日的清凉世界

趁着周末，从白日烧烤、夜晚熏蒸的火炉般的西安开车 190 千米，投入了太白的清凉怀抱。这里长冬无夏，春秋相连，白天气温 26 度左右，晚上 10 度左右，是名副其实的“天然空调城”。

早上和永生相约晨练登山，走到高处往县城方向看去，整座小城还沉睡在烟波浩瀚的云海之下。等到第一缕曙光升起，白色的云雾层层散去，碧蓝的天空和翠绿的山峦显露出清丽的面容，太白迎来了新的一天。我和永生从小在山里玩耍，对这里的一草一木都了如指掌。夏季植被茂盛，草莓鲜红，刺梅橙黄，水葫芦七、天王七、秤杆七等太白七药随处可见。我们把摘来的野果放在透心凉的溪水里冲一冲，吃到嘴里

刺莓

的滋味和小时候一模一样，依然那么香甜。到了晚上，清澈的夜空繁星闪烁，在这样一个永远没有雾霾的地方，可以安心入睡。

太白位于秦岭腹地，海拔 1543 米，是陕西省海拔最高的县城。全县 5.2 万人，平均每平方千米 17 人，也是陕西省人口密度最小的县城。就是这样一个不起眼的小城，横跨黄河、长江两大流域，被评为全球同纬度生态环境最优美的地区之一。她是秦岭深处的世外桃源，绿色植被覆盖率达到 95%，森林覆盖率达到 89.5%。

水葫芦七

在茫茫的山河间，每个人都能指出一个小点，那就是自己出生的地方，那就是故乡。我在太白出生、长大，直到高中毕业离开，之后回来工作过一段时间，25 岁时又离开。无论走到哪里，天天萦绕心头的都是太白的山给我的安慰，太白的水给我的喜悦。故乡是为我注入最初能量、给予我人生动力、唯一让我心驰神往的地方。她早已镌刻在我永恒的记忆里，是我一生的思念。

2014 年 7 月

太白山七药

毛果七

蝎子七

太白山位于太白县境内，是秦岭的主峰，它不仅是中国大陆青藏高原以东第一高峰（海拔 3767 米），更是我国丰富的生物基因库之一。太白山绵延了数千年绿色情怀，孕育了一大批珍稀植物和药用植物，自古就有“太白山上无闲草，认得都是宝，不认得都是草”的谚语。

太白山顶常年积雪，生活在那里的人们在得天独厚的环境中锻造自我，激发出非比寻常的生命智慧。在劳动、打猎、砍柴过程中经常造成“五劳七伤”，他们就地取材，用太白山特有的草药缓解和消除病痛。太白草药中以“七”命名的统称太白“七药”。“七”者“漆”也，有如胶似漆，能黏合金疮之意。由于心口相授，代代相传，“漆”变成了“七”。太白“七

盘龙七

红毛七

药”具有极高的医疗价值，是珍贵的民族文化遗产。据初步统计，太白山共有“七药”149种，它们是历代太白草医和药农智慧的结晶，无论过去、现在都发挥着不可替代的作用，被视为“药中之宝”，是我国民间草药的一枝奇葩。自1984年在太白县药材公司工作期间，我就对太白“七药”的独特疗效产生了浓厚的兴趣，经常与当地草医走进太白山采挖“七药”，并与众多的太白草医有着广泛深入的接触，日积月累就有了编写《太白七药志》的初心，现在这项工作还在路上。

蜈蚣七

太白山七药是秉性刚强，不畏严寒风霜的坚强斗士。凡是到过太白山的人都知道，那里海拔高，风大土薄，气候瞬息万变，前一秒晴空万里，后一秒雨雪冰霜，一般植物生存艰难，生长缓慢。太白七药却能在这样严酷的环境中迎风笑日，顽强生长，努力适应——植株变得低矮，叶片变厚而且革质化，根系变

狮子七

天王七

桃儿七

凤尾七

金牛七

铁牛七

得肥大坚韧，并且长度超过植株几倍，以便穿过岩石缝隙扎得更深。这个过程中，其体内也产生了某种对抗不良环境的化学物质，这种物质对人体来说具有适应原样，起到双相调节作用。

太白山七药昂首挺胸，不畏冰雪，生长在海拔2500米以上的高、寒、险、奇之处。它们容貌姣丽但性格刚强，刚柔并济就是太白山七药的本色。

2015年6月

《太白七药志》一书，经三十余年的专注和积累，已于2020年4月由人民卫生出版社出版发行。收载的95种七药的所有图片均系太白山原创拍摄。

罗马湾里红豆杉

罗马湾位于太白县王家堎镇大沟河流域，这里山峦环抱，茂林修竹，清溪潺潺，是长期生活在都市的人们所向往的桃花源。

这里最让我难忘的是随处可遇的野生红豆杉，两步一株，五步一片，枝繁叶茂。红豆杉四季常青，树姿秀逸，树干紫红通直，假杯状果实成熟时，犹如一粒粒红玛瑙般绚丽夺目。红豆杉在地球上已有几百万年的历史，属于史前植物，非常珍贵，是植物界的活

化石。野生红豆杉一般零星分布，少有成林成片生长，唯有罗马湾非常奇特。沟里一位84岁的杨老先生告诉我：“1949年8月这里发生了一场激烈战斗，胡宗南残部两个团和解放军在此激战两天，解放军伤亡严重。多年后当地人在山里捡木耳时，常常在毛竹下或乱草中发现人的白骨。以前这里没有这种树（红豆杉），不知什么时候就冒出了一大片，而且只有罗马湾有，其他地方少有见到。”经观察该地红豆杉树龄大约都在50到60年。近年来县上招商引资在罗马湾修水坝时挖出一具具遗骨，县政府2013年在这里建成了首座无名烈士纪念碑，以纪念英烈。

站在纪念碑旁边的红豆杉树下，仿佛听到了当年战斗的枪炮声和阵阵肉搏厮杀的呐喊声。眼前的红豆杉果实宛如南国的相思豆，寄托着长眠于此英魂们的思乡之情。在这世间，再没有比生命更宝贵的东西了，我们应当铭记英雄，长怀感恩。

罗马湾无名烈士纪念碑

2015年6月

忘忧谷

夏游五龙河

时间总在不经意间悄悄溜走，转眼新通药物已经15岁了。在生日之际，新通公司全体员工体味了一次郧西五龙河的仲夏之美。

从五龙河上游跨入“忘忧谷”，七月的热浪在这里止步，迎面而来的是舒爽的凉风。顺着起起伏伏的山势，跟着蜿蜒流淌的小溪前行，水面如魔术般不断变换着颜色，时而呈墨绿色，时而呈翡翠色，时而呈松石绿。深谷滴翠，千潭百瀑，老树盘根……大家嬉水玩乐，拍照留念，尽情享受这一份夏日的惬意。两山夹峙的峡谷里一条长河如青龙盘踞，穿林过滩，几经起落，构成了珠连玉串的河中群湖、重重叠叠的瀑布和激流，令人应接不暇。

5小时后我们走出峡谷，站在五龙山门的大坝顶上俯瞰脚下的瀑布，银色的瀑布像龙头上的胡须千丝万缕一倾而下。做人如水，容万物；做事如山，不动摇。每次拥抱大自然，都会收获撞进心房的欢欣和启迪，对不懈追求梦想的我们是一种慰藉和激励。

2015年7月

邂逅清欢

秋雨伴随着秋风不紧不慢地下了起来，我徒步在就峪的山路上，远处群峰林立，薄雾笼罩，脚下蜿蜒的山路被细雨浸润，勾勒出一幅属于终南山的飘逸画卷。

雨打树叶，沙沙作响，宁静、优美，我沉迷于雨境。雨把一切都洗刷得很干净，神秘而艳丽的乌头花瓣上沾满了雨珠，水蓼在风吹雨打中婆娑起舞，摇曳生姿。看着风雨中点头作揖的水蓼，我的脑海里浮现出“蓼茸蒿笋试春盘，人间有味是清欢”之句。诗中的“蓼茸”，就是眼前的水蓼。

水蓼茎结部膨大，枝杈像龙的爪，常生在水边，《诗经》里称其为“游龙”。水蓼没有大型的体态，其花小如碎米。细看它的穗状花序，像小姑娘自信而洋气的麻花辫子，满缀着玫瑰红、粉红还有白色的小花，每一朵小花有五个小花瓣和星星点点的花蕊，颜色分

布错落有致，令人赏心悦目。难怪水蓼既不惊艳又无芬芳，却被称为诗里最美的草木，历来颇受文人的喜爱。《诗经》言："山有桥松，隰有游龙。"山有松树，苍劲威严，君子不爱，却偏爱湿地里蔓延的水蓼。"喜见春盘得蓼芽""梧桐落，蓼花秋""数枝红蓼醉清秋"……水蓼挺立湿地、不染污泥的高洁品行，可谓是处处入诗，字字皆画。

水蓼更为独特之处，是它曾为我国古代的香辛调料担当，属五辛之一，功用堪比"葱、姜、蒜"。在葱、姜、蒜引入中国之前，有强烈辛辣味的水蓼叶是烹煮肉类的主要去腥调料。摘一片绿莹莹的叶子，含在嘴里嚼一下，瞬间浓浓的辛辣味就窜上了头，所以水蓼又得名"辣蓼"。因其味辣还形成了"含蓼问疾""蓼虫忘辛""蓼虫不知苦"等成语。

水蓼全草入药，可消肿解毒、利尿、止痢。它的红色嫩芽口感清新脆辣，可卷春饼。水蓼花又名"酒曲花"，用来制曲酿酒，充满山野的气息。

水蓼有花的精美，有叶的辛辣，更有人间草木背后的文化内涵，让我体味到清欢在这个浮躁的世界并不是难以触摸。

2015 年 7 月

激流中的石头

“722医药界惨案”刚拉开帷幕，“黑太阳731”接踵而至，在CFDA重压之下，民营药研企业都高度紧张。尽管在盛夏，可是药研的冬天早早到来了，心情难免郁闷。

青山绿水是治愈心灵的良药，还没到周末，就和同写意俱乐部几个朋友驱车四小时，来到秦岭腹地黄柏塬大箭沟。这里东临关中周至，南接陕南佛坪，西与华阳古镇相通，北依秦岭太白山和鳌山，是秦岭腹地中心最原始的生态地区，被称为神仙居住的地方。

我们顺着木栈道漫步沟底，亲水而行。大箭沟的美在于奇石和秀水，河水绿如翡翠，石头千姿百态。河床为大型砾石，或宽或窄，或深或浅，时而瀑布，时而深潭，一叠连着一叠。瀑布从两岸交汇的大树中间钻出来，一头闯入深潭里，翻涌漫卷，无所顾忌地

追逐着，欢乐着，拐了个弯后渐渐地疲惫了，安静了。此刻阳光照耀下最亮眼的不是野花野果，而是激流中熠熠生辉的石头。任性的激流无休止地扑上去，石头在沉默中把撞击的伤痕化作一朵朵美丽的浪花，任凭激流呼啸而过，始终寸步不移。

联想到自己，既然选择了药物研究，就要淡定地接受风险和挑战。接受是变好的开始，接受当下才具有担当日月、抗击洪流的胆识。有了胆识，困难都不再是困难，你给世界一个什么样的姿态，世界将还你一个什么样的人生。

2015 年 8 月

加德满都游记

一

快乐如此简单

来加德满都已经是第四天了，在 TOKO 公司威廉的安排下拜访了这里的企业领袖，游览了市区和纳加阔特。我很好奇的是，为什么一个世界上最贫穷的国家之一，人均年收入只有 730 美元（2013 年），却是亚洲幸福指数最高的国家。

来到尼泊尔的第一印象，是无论男女老幼，都对我们报以友善的微笑。这个国家有百分之八十几的人信奉印度教。威廉说，在尼泊尔，每个人头上都有一个神灵。由于印度教强调因果轮回，主张善恶有报，

喜马拉雅山脉

松林

为来世修行比现世更加重要，所以他们虽然贫穷也依然笃定自如。在他们的脸上，看到的是平静与祥和，在他们的眼睛里，看到的是一汪清泉。在这个人与神关系十分亲密的地方，能感受到万物之间的融洽。人们与每个生命之间都能和谐相处，寺庙里扑哧扑哧飞到你跟前啄食的鸽子，在路边自由自在睡觉的狗……在尼泊尔，应当找个地方坐下来，喝一杯当地的茶，看看行人和街景，融入他们的慢节奏，体会金钱也无法买到的满足感。

前往纳加阔特的盘山路上有一片松林，高大笔直的树干直指云霄，地上落满了厚厚的松针。一只花斑小狗见了我们跑前跑后，非常温顺，不叫也不咬。站在海拔两千多米高的纳加阔特山顶，近可俯瞰加德满都的峡谷，远可眺望整个喜马拉雅山脉。这里被称为“喜马拉雅山的观景台”，能以广阔美丽的视角欣赏世界第一高峰。每年 10 到 11 月份是看雪山的最佳季节，那时的喜马拉雅山脉天高云淡，8 座海拔 8000 米以上的高山和其他20多座高高低低的雪山一览无余。

加德满都谷地

我们来到这里的时间是初夏，云雾缭绕，不是看雪山的最佳季节。正当遗憾之时，傍晚来临，夕阳缓缓沉入浮云与山巅交融之处。随着温柔的金色晚霞一点点褪去，喜马拉雅山脉变成一幅淡逸的水墨图画，比之前看过的所有的雪山照片都更美，更动人。

二
一切都是最好的安排

加德满都是尼泊尔最大的城市，也是其首都。这座古老的城市被列为世界文化遗产，虽然经济落后，但丝毫不影响它在国外游客心目中的地位。城市的建筑大多数都是寺庙和古迹，大小寺庙达 2700 多所，堪称“寺庙之城”，形成神比人多，庙比屋多的景象。

抵达加德满都的第二天，朋友威廉带我们去猴庙，说在那里可以俯瞰整个加德满都谷地，并能和加德满都来一个亲密合影。由于路不熟，我们七拐八绕后来

猴庙

到了博大哈佛塔，问了很多人，绕了好几圈也没找到猴庙……昨天中午参观完一个药厂后无事可做，就去市里转转，买点纪念品准备回国。我们穿过城市，绕过村庄，沿着小山盘旋而上，看到一个寺庙入口有很多只悠闲自得的猴子，才知道我们误打误撞来到了猴庙。这里人头攒动，热闹非凡，一打听恰逢佛祖诞辰日，相传释迦牟尼曾亲临此地，在这里举行过盛大的法会。猴庙是世界上最古老的寺庙之一，据说已有2000年以上的历史。猴庙的名称叫作斯瓦扬布纳特寺，也称四眼天神庙。其中最著名的是一座舍利佛塔，金色的塔基四面都绘有眼睛图案，注视着加德满都的每个角落，象征“智慧的眼睛”。

生活总会给你答案，但不会马上把一切都告诉你。回报不一定在付出后立即显现，只要你肯等一等，美好的愿望总在你不经意的时候实现。

2016年5月

艾香屡屡飘太白

“清明插柳，端午插艾”，又到一年艾草香。每当天气稳稳地走进夏季的时候，传统的端午节也就来了。每年这个节假日，我都会回到太白老家看望母亲。

端午节这一天，家家户户在门框、窗棱、炕头、井沿，凡是适合摆放的位置，都要插上一束艾叶。早上五点半约了永生去火烧滩割艾叶，一出门就看到县城憨厚淳朴的人们由衷地热爱生活的景象——或是一家老少，或是三五成群的学生，或是闺中密友，手持镰刀直奔周边的山坡去割艾叶。我们登至山顶，县城还隐藏在白云之下，青山已被鸟儿唤醒，山坡上各种

各样的野花星罗棋布。此时的艾草长势矫健，它们一株株一丛丛，静静地伫立在晨光中。太白县海拔高，常年云雾缭绕，艾草吸收太白山独有的甘露，清香持久，在中药里它还是一味温经理气、逐寒止冷痛的良药。

幼时物质匮乏，过节也鲜有令人兴奋的活动，然而端午节早上割艾，一下子就带出了欢乐的节日气氛。记得小时候总是天刚亮就爬起来，迎着晨雾出门，一定要赶在太阳升起前割下艾叶，才算完成一个重要的仪式。

“手执艾旗招百福，门悬蒲剑斩千邪”，端午节的艾叶就像一道护身符守护着我们的家。无论何时何地，不要忘记如艾叶般朴实真挚，常常被忽略，一直默默守护着我们的家人。

2016 年 6 月

杏李高手

李白诗云：“帝乡三千里，杏在碧云间。”说明古长安至少在唐代就开始种杏了。小时候邻居家种有杏树，刚刚挂上青果，杏核还没变硬的时候，就和小伙伴去偷偷地摘。摘下来顺势在衣服上蹭两下，咬一口特别酸涩，多吃几个牙就酸倒了。记忆中的杏是酸涩和快乐的象征。

近日有幸受朋友邀请，参观位于终南山下，甘峪河畔，在杜总的精心打理下已经历了四十个年头的丰园果业。“叶底青青杏子垂”——如欧阳修诗中描绘的景象，一步入果园，就见到一串串又大又靓的杏子从碧绿的树叶中探出头来，把枝条都压弯了。摘一颗熟透的丰园杏，用手轻轻一掰，就一分为二。慢慢地品尝，一股浓郁的香味伴着酸甜多汁的果肉融入口中，

六月的阳光也随之渗入了身体。三百亩果园里还种着不同品种的李子，红绿相间，分外诱人。

老杜从23岁就开始从事杏和李树种的资源收集评价和品种选育研究工作了。目前收集国内外优良杏资源200余种，李资源1000多种，建立了杏和李的种质资源库，并抢救了陕西濒临绝种的特异杏树种质资源。品质上乘的丰园杏离不开肥沃的终南山土壤，适宜的气候和科学的管理方法，更离不开的是老杜那份全心投入的感情。他带我们参观的过程中，对每一个品种的杏如数家珍，话语间饱含着非同寻常的热爱。老杜说要达到杏的理想品质，对气温的要求很高，一年中在零度到7.2度这个阶段至少需要800个小时，所以除了辛勤耕耘，每年的收获还要看天意。

"浩荡风光无畔岸，如何锁得杏园春"，满园的硕果实属来之不易。刚摘下的杏不仅保留了最鲜美的滋味，还让我体会到杏和种杏人的关系，体会到丰园杏与众不同的背后，是杏李高手杜总四十年来在寂寞中对理想的坚守。一颗颗沉甸甸的杏，蕴含着人生故事所必须经历的酷暑、严寒、烈日、风雪，最终令人回味无穷。

2016年6月

你没见过它的美

柞水县马进沟

柞水县有一个藏在深闺而鲜为人知的小山沟，初来的人会误以为闯入了爱丽丝的仙境，它就是朱家湾的马进沟。

陕南温和的气流与这片幽深绵亘的山谷交融碰撞，使得空气湿润，水量充沛，于是繁茂的植被便滋生开来。顺着溪流边的小径步入沟底，清风携着阵阵花香，以贴面礼迎接我们的到来。一幅“青苔常满路，流水复入林”的图画引领我们走进森林深处，仿佛这里从未有人打扰。环顾四周，白花绿叶簇成群，野径清幽绝世尘——秀线菊和溲疏遥相呼应，它们的花朵

秀线菊

溲疏

石头芽

楼斗菜

都是纯白色，轻盈素雅中映耀着灵动之光。成片的峨参开着细碎洁白的伞形小花，远看如雪花般晶莹。近看每把花伞上打着若干把小花伞，在绿油油的二回羽状叶片衬托下，显得平凡又美好。跨过一片湿滑的石头路段，娇小玲珑的紫色耧斗菜和淡黄色的石头芽跃入眼帘，也许已有好些天没有一个人来看它们，却丝毫不影响它们以最美的姿态欣然开放。一群野蜂围着这些野花窃窃私语，它们最爱野花，也最懂野花。山谷中多种乔木和灌木繁茂生长，原生态的森林景观让人流连忘返。

马进沟的美随意天成，骨子里带着点野性。身临其境，你会觉得这个世界是值得好好活下去的。

2017 年 5 月

腾冲行

云之南，国有殇。腾冲国殇墓园是我一直想去缅怀的地方，我想以自己的方式，悼念72年前那些为民族雪耻、为收复滇西失土而献出生命的英灵。腾冲其实距离西安并不遥远，心想总有一天会完成这个愿望，只是没有料到这一天来得如此之快。在昆明参加完中国医药行业最具影响力榜单发布会的第二天，就来到了西南边陲小镇腾冲。

腾冲国殇墓园位于腾冲城西来凤山下叠水河畔，占地80余亩，1945年7月7日落成，是全国建立最早、规模最宏大的国军抗日烈士陵园。迈进滇西抗战纪念馆的大门，三面墙壁上矩阵式排列的1300多顶钢盔深深震动了我。有的头盔上有弹孔，有的被漆成了红色，那是当地人曾经把它改造成了摩托车头盔。这些头盔都是云南民间收藏家段生馗从当地老乡家收集来的，滇西抗战纪念馆目前展出的1万多件实物，

几乎都来自他的收藏。注视着一顶顶钢盔，恍若看见隔着历史尘烟悲壮前行的十万远征军和他们不屈的灵魂。他们去的时候是血肉丰满的青春少年，回来的时候只剩下骨头，不朽的骨头。

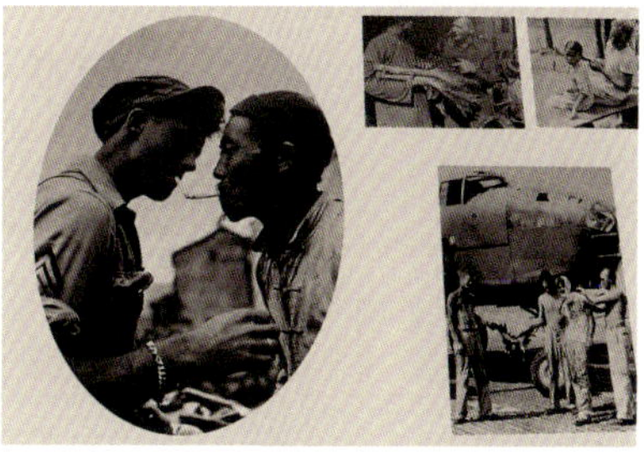

一寸山河一寸血，滇西抗战有太多的血，太多的泪。来到纪念馆才了解到一些以前不清楚的历史，也是一段不容忘记的历史。1944 年 5 月，中国远征军第 20 集团军开始腾冲反攻战。8 月 14 日，突进市区，展开激烈巷战。20 集团军会战概要这样记载：“攻城战役，尺寸必争，处处激战，我敌肉搏，山川震眩，声动江河，势如雷电，尸填街巷，血满城垣。”经 42 天的“焦土”之战，全歼守敌，光复腾冲。滕冲战场是滇西抗战最惨烈、最壮烈的一个战场，同时也是最辉煌的战斗。一批批战士冲上去，又一批批倒在血泊中，用生命和鲜血浇灌了胜利之花。

从纪念馆出来时天空飘着蒙蒙细雨，我带着一束菊花来到西侧的国殇幕园，今天享受和平生活的我们唯有借鲜花祭奠英烈。国殇墓园忠烈祠的黑色石板上镌刻着收复腾冲战役中 20 集团军 9000 多阵亡将士的姓名。我们列队向英灵三鞠躬，依次献上黄菊。从国殇墓园出来时雨停了，回头再看一眼安眠于此的曾经横枪立马、血战沙场的勇士，向你们致敬！

美国游记

一

昭陵二骏何时回家

今天下午就要离开费城，早上我们抓紧时间参观了宾夕法尼亚大学。大学没有围墙，可以随意参观，由于还未开学，校园里显得有些清静。古老的哥特式风格的建筑历久弥新，楼前古树参天，处处装点着草坪和鲜花。在寻找宾大著名的医学院的途中偶遇一位同学，一问原来他是从事皮肤癌研究的医学博士后，来自中国安徽，在这里已经6年了。相同的医药背景立刻拉近了我们的距离，热情的刘博士带我们参观了医学院和建筑学院，最后建议我们去宾大博物馆看看，那里有来自陕西的文物。

我怀着朝圣的心情来到博物馆二楼的中国厅，它是一座圆形穹顶的砖结构建筑。自然光线从穹顶上的天窗中洒落下来，映照着巨幅壁画和摆放的石雕、造像、唐三彩等品类繁多的文物，仿佛梦回大唐，漫漫黄沙无际，丝路驼铃声声。这里的镇馆之宝当属出自我们陕西省礼泉县唐太宗昭陵六骏中的“飒露紫”和“拳毛騧”二骏。“飒露紫”是昭陵六骏中最杰出的作品，表现的是李世民征讨王世充时，“飒露紫”中箭，丘行恭拔箭救主的史实。“拳毛騧”的意思是“毛作旋转状的黑嘴黄马”，是太宗皇帝平定刘黑闼叛乱时

所乘战马。两块石刻宽约 2 米，高约 1.7 米，造型优美，线条流畅，刀工精细圆润，是六骏中保存最为完好的。2010 年应宾大博物馆之请求，中国派了三位专家赴美对二骏做了文物修复。“二骏”是在 1912 年被盗，辗转于文物商之手，后流失海外，被美国宾夕法尼亚大学博物馆收藏。其余“四骏”也曾被分割成大小不同的碎块，盗运时被截获，1950 年由政府收藏，至今一直陈列在西安碑林博物馆。

很多到费城旅行的中国人或者在美国的华裔都纷纷慕名前来一睹“二骏”真容，因为中国民众对“昭陵六骏”有着深厚的感情。礼泉民间盛传，一旦百姓有了冤情，就会来到“昭陵六骏”前倾诉，唐太宗必会骑着“六骏”显灵。“昭陵六骏”不仅是全人类的艺术瑰宝，更蕴藏着剪不断的民族情结。昭陵“二骏”，西安等你回家和其他四位兄弟早日团聚。

二

疗愈需要安静的心灵

生长在秦岭大山里的我见过很多原始森林，但从未见过这样令人窒息的深谷美景，它就是美国奥林匹克国家公园。第一次听到奥林匹克公园，以为是和奥林匹克运动有关的公园，来到西雅图才知晓它是两百多年前一位英国海军上尉经过此地，为壮丽的山峰与皑皑白雪所震撼，将此山命名为奥林匹克山，以纪念希腊神话中的诸神，公园因此而得名。

开车到达雨林游客中心时已是下午两点，我们选择一条中等长度的线路徒步进山。随着一步步深入，两旁的树木愈发遮天蔽日，阳光只能钻过树林的空隙星星点点地洒落，就像在白天闯进了幽暗的密室。在巨大的针叶树主宰的这片雨林中，温和又湿润的空气打造出苔藓和蕨类植物的天堂。冷杉、云杉、枫树、雪松、地衣、苔藓以及菌类从上到下共生共荣，高大的树干覆盖着地衣，密实的树枝上挂满松萝和苔藓编织成的帷帐，林下是蕨类、苔藓和经年累月堆积的落叶，给整个林地铺上了一层厚实的地毯。倒下的树木成为新的树苗的抚养木，成就了这片生生不息的森林。该地区由于冰川被隔绝了亿万年，逐渐发展出独特的生物系统，有8种植物、5种动物在其他地方已经绝迹。

松萝

白头翁

灵芝

一路上蘑菇和灵芝遍地可拾，偶尔可以碰见对我们视而不见、忘情地吃着坚果的松鼠。

这是一处经得起久久回味的森林，这里的美不是让人尖叫，而是让人安静。快乐犹如一只蝴蝶，被追求时永远抓不到，但如果你安静地坐下，它会降落在你身上。生活在都市的我们需要融入这样的环境，疗愈一颗需要安静的心灵。

三

天堂的真实写照

雷尼尔山是西雅图的象征，它位于西雅图东南部87千米处，雄伟挺拔的山峰常年披着皑皑白雪，如同上帝神奇的画笔，描绘出天堂的纯净。

早上8点我们开车向雷尼尔山公园出发，一路上车窗外始终展现着令人叫绝的景色。远远地望见雷尼尔山下云杉密布，仅有雪峰兀立在蓝天白云之下，气势非凡。到达游客中心后，刘军兄给我们选择南边的天堂区域徒步登山。虽然道路崎岖，但可以用浪漫来形容这段开满鲜花的山路。到了高山草甸，数条溪水

在草丛中潺潺流淌，朵朵红色、紫色、白色、蓝色、黄色的野花点缀其间，就像天女用仙仗轻轻一挥，变幻出的一幅彩色织锦。晴朗的天空犹如巨大的画布，把平静的湖泊连同雪山倒影一笔不落尽收其中，天堂也不过如此吧！模样憨态可掬、一点也不怕人的獭兔看到我们左顾右盼，好像在说："我才是这里的主人，你们人类只是孤单的过客而已。"一路继续前行，左边是繁花似锦的草甸，右边是寸草不生、怪石嶙峋的灰色山体，一圈又一圈轻纱似的薄雾在山顶流转，似

真似幻。

从山下湿润的雨林，山腰的高山草甸，到山顶的雪山冰川，一天四季，这里几乎汇集了北美盛夏所有的美丽元素。唯有放慢脚步，才能释放被尘世束缚的心灵，体味到天人合一的意境。我们需要走出自己之外去真正看到美——当我们感到失落或孤独，大自然任何时候都提供着希望和灵感。

2017年8月

50 年后重新戴上了红领巾

今天是个久违的节日，我们和市政协、市关心下一代工作委员会的领导来到西安市盲哑学校，与盲哑学校的老师、同学们过了一个快乐的“六一”儿童节。当盲哑小姑娘给我们系上红领巾的时候，一下子回到了童年时代，难掩心头澎湃。

盲哑学生表演了精彩的舞蹈和器乐节目，虽然他们看不见，不会说话，但也有属于他们的诗和远方。那烂漫的笑容、自信的表演，深深地打动着在场每一个人的心。

面对眼前这些可爱的孩子们，让我们收起同情的目光，请用平行的视角对待；让我们投放尊重和友爱，请用援助的双手给予关怀。如同花朵的开放无声无息，盲哑人远离这个世界的喧嚣，所以他们的心里有一片

净土，他们看什么都是美的。让我们善待孩子们，并且从他们身上去汲取那份坚强，那份乐观，那份对生命的执着。

人生像a的n次方，如果a大于1，a的n次方就无限大；如果a小于1，a的n次方很快就趋近于零。当我们对社会的付出多于索取，就代表a大于1，每个人都如此，社会就会越来越好；当每个人对社会都是索取大于付出，就代表a小于1，社会很快就会崩溃。如果企业和个人能够更多地传递善意，“现代社会”就不再是一个冷冰冰的词语，而是代表着大规模的协作和配合，继而帮助到更多需要关爱的人。今后新通会努力成为一家有温度的公司，多多投入到公益事业中。

2018年6月

脱颖而出的野罂粟

如果你曾经看过莫奈的名画《亚嘉杜的罂粟花田》，一定对那片红色的野罂粟花印象深刻。画中的母子俩在田野里采摘鲜花，漫山的花朵随风飘荡，仿佛可以听见风的声音，可以闻到风中的花香。

野罂粟在温差大、海拔高的地区不但容易生长，而且花期长，花色绮丽。太白县就是这样一个适宜野罂粟生长的地方。今年端午节回家，刚刚驶入距县城10千米的蒿谷堆，就看见一大片娇艳动人的野罂粟。翠绿的茎叶中开出俏丽的花朵，五颜六色，犹如一群轻舞的彩蝶。这片野罂粟花海成为蒿谷堆一道吸睛的风景，开车路过的人，接连不断地停下车来拍照。

晨起锻炼的时候，我又来到了嵩谷堆，突然想见证一下野罂粟开花的全过程。守候一株含苞待放的白色野罂粟，它细长的花梗微微弯曲，卵球形花蕾低着头，被两片椭圆形的花萼包裹着，外被粗毛。随着花瓣的不断用力伸展，绿色的萼片慢慢开裂，当花瓣探出到花蕾顶部，两瓣萼片完全脱落，弯曲柔弱的花茎霎时挺直了身子，野罂粟脱颖而出了！从萼片裂开、脱落到花瓣展开，一共用了 35 分钟。四片柔美的花瓣带着天然的皱褶，质薄如绫，连三宅一生的作品也无法与之媲美。轻盈的花冠似朵朵白云，纤尘不染，

起风时更是飘然欲飞。

作为一种柔弱的草本植物，栉风沐雨的野罂粟绽放出从不被时间遗忘的小小世界，让人心生敬意。真正的力量是看不见的，就像水滴石穿，花开成海。没有喧闹，没有浮躁，宁静而美好……期待与它们下一次的相见。

2019 年 6 月

九龙山

天然画卷

我对七月情有独钟，七月不仅带来了夏天的活力和真诚的阳光，更重要的是公司每年都会在七月组织一次集体户外活动。今年我们就来到了位于宝鸡市陈仓区的九龙山。

到了九龙山景区，大家没有坐索道，顶着烈日从玉兔沟徒步登山。万绿丛中一点红，崖畔上傲然挺立的一株山丹丹花以美艳的色彩和灿烂的“笑颜”，轻松聚焦了众多的目光。沿着登山小道继续往前走，遇见了不打眼的花珊瑚苣苔，它紧贴着山崖陡壁，是一种生长在岩石缝隙间的植物。此花多出现在西藏等高原地区，叶子呈莲座状，有一种圣洁的气质，所以又叫它“圣花”。登至九龙禅院，地势更加险峻，典型的丹霞地貌出现了。一座座山峰如堡垒状突起，断崖绝壁，石窟密布。快到山顶时，转身望向峡谷，闪

花珊瑚苣苔

山丹丹

闪发光的玻璃索桥像一叶银色的轻舟潜身在绿色的海洋。九峰汇聚，气贯长虹，当我们跨上270米高的玻璃桥面，被蓝天白云和万丈深谷三百六十度环抱时，顿感天地如此开阔，烦恼如此渺小。

触摸七月的九龙山，它是一幅慢慢展开的天然画卷。画卷中有峻、险、奇、秀，有顽强的圣花、蓝天下随风飘逸的秋英以及快乐的新通人。大山教我们把眼光应该放在最高处，把心态一定要摆在最低处，方能不断进步。

2019年7月

秋英

坚守初心二十年

——写在新通药物成立二十年之际

一

有一条龙，横亘东西，
左挽长江，右牵黄河。
有一群人，奋发向上，
心怀希望，努力生长。
有个公司，新通药物，
仿创结合，中西并举。
临床缺药，暗下决心，
创新药物，治病救人。
二十年来，初心不改，
一念执着，艰苦创业。
流年沧桑，青丝白发，
阴霾险阻，一笑置之。
风雨兼程，愈挫愈勇，
心无旁骛，登高望远。

二

二十年前，七月盛夏，
新通药物，初出茅庐。
缺人缺钱，步履蹒跚，
激情不减，梦想为伴。
美国紫杉，抗癌明星，
四十万株，秦岭安家。
替米沙坦，复方替米，

新通首仿，小试牛刀。
复方混悬，丁香罗勒，
全国独家，初试创新。
中药抗郁，欣可舒静，
新通楼起，雏鹰展翅。
注册风暴，从天而降，
苦练内功，跨越时艰。
凝聚力量，抵制诱惑，
厚积薄发，大道至简。

十二三五，滚动支持。
乙肝一期，尽如所期，
肝癌一期，超出预期。
天道酬勤，双喜临门，
欧肝会上，众所瞩目。
研发十强，三度入围，
最具创新，两次上榜。
创业大赛，全省第一，
药研领域，崭露头角。

三

药研情怀，志在创新，
肝癌乙肝，世界难题。
晨兴迈克，独具慧眼，
一顾千金，新通转型。
肝病靶向，世界专利，
国家候选，海参多糖。
两个一类，重大专项，

四

美国凯华，全资收购，
世界尖端，引进中国。
英才贤士，济济一堂，
改良新药，又增亮点。
乙肝二期，喜出望外，
科学严谨，做好三期。
乙肝新篇，新通书写，

新通目标，攻克乙肝。
新药研发，九死一生，
失败常态，成功偶然。
持续投入，全力奔跑，
研发融资，资本助力。

五

云横秦岭，家在新通，
彩霞满天，小院生辉。
徐风轻吟，岁月静好，
向善向美，向真追求。
新通文化，快乐工作，
躬身入局，融入家庭。
价值实现，资源共享，
个人进步，和谐友爱。
研发新药，造福人类，
不忘初心，最为珍贵。
减少失败，加快步伐，
新通愿景，中国 GILD。
秦岭无言，万壑争流，
拨云见日，砥砺前行！

2020 年 5 月

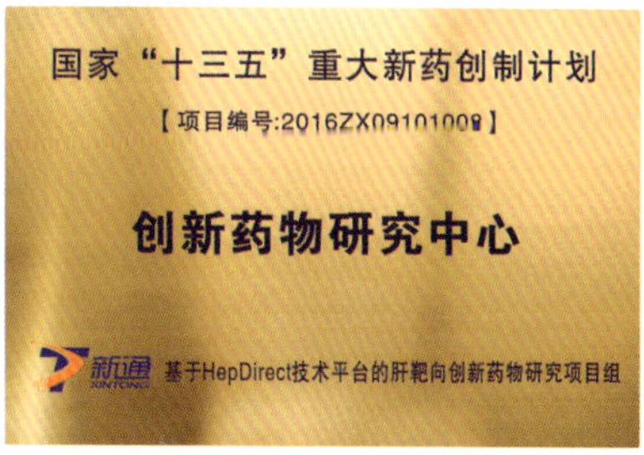

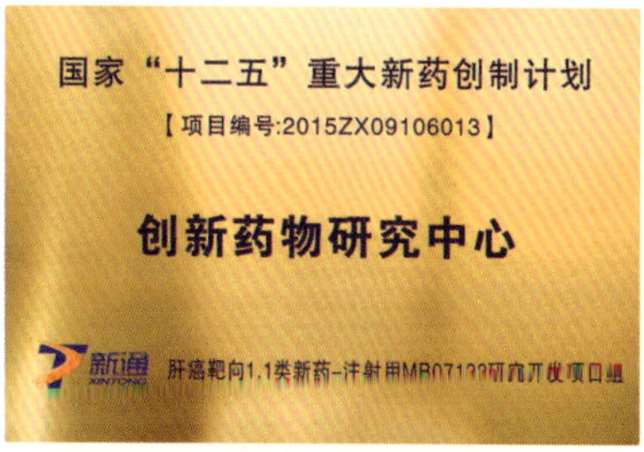

万缕金丝解百忧

我热爱植物，收藏了许多植物方面的书籍。植物居住在地球上的时间远比我们人类要长得多，有太多关于自然界的规律，深深根植于植物之中，并可以由它们来教导我们人类。我向来对植物心怀敬意，因为相信每种植物都有它的生存智慧和趣文可讲。

昨天，为了重觅六年前野生白草莓的味道，我们来到了蓝田的窄峪。把车停在窄峪疙瘩庙村，从弯弯曲曲的山间小路登上了雷神洞的高山草甸。远山青翠欲滴，脚下的白色小飞蓬、紫色漏斗菜构成了一幅点彩画，酿出了阵阵花草清香。不知名的鸟儿从山谷里送来婉转动听的歌声，余韵悠长，让人沉浸其中，忘记了春天的疫情。一个小时过去了，还没找到六年前那片白草莓，正在失望之时，草丛中闪现出点点金黄色，走过去仔细地端详，发现是“花中西施”金丝桃。“菲菲红紫送春去，独自黄葩夏日闲”，观赏植物最好的地方果然都是在野外。

“风月无边关不住，金丝万缕吐相思”；“慢裁金缕作衣裳，吐出丝丝惹恨长”——如此风雅的诗句形容的就是眼前这种植物金丝桃。金丝是指它的雄蕊灿若金丝，花蕾似金色仙桃，故而得名金丝桃。花开见佛，一种植物对我而言不仅仅止于观赏，更如同一本好书值得慢慢地翻阅和回味。金丝桃最惹人注目的是蓬松细密的多体雄蕊，100 多根雄蕊由下而上逐渐

过渡成金红色，并在雌蕊四周形成一个丝碗，与 5 片旋转的花瓣分离开来，簇拥在花瓣上方，如烟花在空中绽放，璀璨而又迷离。金丝桃的茎叶也很秀丽，纤瘦的红色茎秆上排列着椭圆形抱茎对生的叶片，犹如茎秆贯穿而过，所以又叫贯叶连翘。

《金丝桃金箔画》
新通二十周年纪念礼品

金丝桃为藤黄科金丝桃属植物，欧美国家称其为圣约翰草。它通常在 6 月 24 日前后开花，那天是圣约翰的诞生日，同时它的茎中含有红色液汁，被认为是圣约翰殉道时流出的血液，所以被冠以这样一个神圣的名字。在苏格兰，传说在窗户上挂这种“草”，可以消灾。自然疗法中，圣约翰草是著名的草药之一。金丝桃的主要成分金丝桃素，能提高大脑中 5—羟色胺等神经递质含量，对治疗抑郁症有效，被称为天然的“百忧解”。

眼前赏心悦目的金丝桃给我带来无边遐思，那份纯粹和明亮，足以涤荡心间所有的尘埃。因为一朵花，我们对于美的探索永无止境。纸上得来终觉浅，绝知此事要躬行。尽管我看了不少植物书，倒不如常常来野外走一走。花开无声，山里的金丝桃才是岁月长河中，经久不衰的民间传说和神话故事里始终存在的明星。

2020 年 6 月

深山里的魔笔

“连雨不知春去，一晴方觉夏深”。下了一周的雨停了，今天的阳光分外耀眼。经常进山的我知道，夏天雨后的山林，如水洗般青翠，空气中蒸发着泥土和花草的气息，蘑菇撑开小伞，木耳爬满老树，如果这时进山会收获到意外之喜。

早上 9 点我们已到达赤峪，在陡峭湿滑的山中穿林走棘大半天后，汗流浃背，体力不支，于是在块空地上休息。忽然，我一眼瞥见一颗颗红彤彤的小脑袋从一处茂林中的腐叶里探了出来，没有绿色叶片簇拥，不像植物，乍一看像有毒的蘑菇。走近后发现眼前这些破土而出，看似萌萌可爱的蘑菇头其实是蛇菰，这是从小在山里长大的我第二次与它们邂逅。蛇菰脆嫩的茎秆呈鲜红色，头顶一枚饱满肥大的棕红色肉穗花序。由于它的形态和颜色，人们错以为是真菌，其实

蛇菰是地道的高等草本植物。它还是一味中药，具有极佳的止痛、止血、生肌作用。远古时蛇菰因和周文王结了缘，又叫“文王一支笔”。传说西伯侯在深山中发现这个特别像毛笔的植物，而且肉状花序中的红色液汁可以作墨汁使用，于是周文王用它写诗作画、批阅公文。老百姓给蛇菰披上了种种神秘色彩，它还被称为“钟馗判官笔”。

蛇菰虽然通体红艳，却没有叶绿素，不会进行光合作用。它是一种寄生植物，需要寻找合适的寄主维持生命，常绿阔叶林是它们的首选。蛇菰这种雌雄异株的植物，对生长环境的要求极为苛刻，孕育存在极大的偶然性。它将自己的根系与寄主的根系缠绕在一起，吸取寄主的营养，只有开花时才会钻出地面，一般长在深山密林中，极为罕见。

自然界千奇百怪，每个物种都具备潜在的改变世界的能力，远远超乎人类想象。在对平时很难出现在我们视野的蛇菰近距离观察下，我眼中的植物开始变得不一样了，变得比以前更加真实。它们像人类一样，并非全为善类，有一些充当杀手、寄生虫、强盗和骗子角色。

2020年7月

月下见人花不语

一回到太白就体会到山里喜怒无常的天气，昨日还是不期而会的滂沱大雨，今天一早就迎来了风和日丽。晨练时在生态园的山坡上撞见一丛美丽的月见草，迎着晨曦悄然绽放，美得漫不经心却又让人无法忽视。

明黄色的月见草花朵像洒落在山坡上的点点金星，闪闪发亮，让我顾不得草丛中露水很深，一头就扑进去了。俯身细看，花冠呈现出完美的杯盏状，花壁上还挂着昨夜的雨珠，如滴滴甘醇美酒，萦绕着让人陶醉的清香。蜜蜂在花间忙着采蜜，此刻只愿自己是只蜜蜂，与如丝般柔滑的花朵相偎相依。植物科学家研究发现，月见草花在听到蜜蜂的嗡嗡声时，竟能产生更甜的花蜜，花蜜中糖分浓度平均增加了20%。

月见草原产于欧洲，其根、茎、叶常被贵族拿来入药，因此在欧洲被称之为“皇室御药”或“国王药

物”。用它可治疗多种疾病，对调节血脂、防止冠状动脉梗塞及脑血栓等症有显著疗效。

野生月见草不仅花姿娇美，浓香扑鼻，它还是名字里就带着故事的花。它能将美丽从白天延续到黑夜，是见月亮而吐芳的花，恰似在夜晚打开了香水宝盒，也叫夜来香。白居易赞咏它：“花非花，雾非雾。夜半来，天明去。来如春梦不多时，去似朝云无觅处。”关于它的故事也很浪漫——当月亮升起时，少女以月见草相赠予少男，代表着“默默的爱”。月下见人花不语，一切的美好在静静地发生。今日月见草默默绽放，叮嘱我们真正打动人心的爱，都不在言语，而在行动。

2020 年 8 月

心中的母亲花

“纷纷红紫已成尘，布谷声中夏令新。夹路桑麻行不尽，始知身是太平人。”诗人陆游在《初夏绝句》中赞咏身在太平之世，我在初夏时节走进了秦岭北麓的塔峪，遇见了温柔绽放的太平花。顺着山间小径行至一处被茂密灌木包裹的山坡下，有一种如兰似梅的花香飘然而至，我深深地吸了两口香气，感觉五脏六腑都通透了。抬眼望去，被阳光照耀得晶莹剔透的白色花朵挂满绿叶婆娑的枝头，十字型的四片花瓣簇拥着金黄色的雄蕊，微风吹过，飘飘洒洒，犹如冰清娟蝶飞舞在蓝天下，又像一群身穿白衣裙的淡雅女子，从清晨山岚雾霭里走了出来。

曾经在四川的青城山和美国普林斯顿大学见过太平花的身影，今天周日恰逢母亲节，再次看到她，更多了一份亲切。虽然没有月季那样鲜艳多彩，牡丹那

般雍容华贵，但她肤若凝脂，深情而温润，宛如穿越千年时光却依然泛着柔光的美玉，代表我心中永不凋零的母亲花。

太平花作为一种古老的名贵花卉，历史悠久，寓意深厚。宋仁宗给她赐名“太平瑞圣花”，道光皇帝又将她改名为“太平花”。太平花繁而不艳，香而不俗，当时皇城的社稷坛、紫禁城的御花园都种有此花，是著名的庭院观赏花木。历代皇家对太平花都很青睐，把她视为盛世之“物候”征兆。据说盛世则全树开花，乱世则不开花，所以太平盛世成为此花的美好寓意。相传现在故宫御花园中的太平花为明朝栽培，昔日每年太平花开放时，故宫博物院都要举行游园会。陆游还写了一首名诗就叫《太平花》：“扶床踉跄出京华，头白车书未一家。宵旰至今劳圣主，泪痕空对太平花。”诗人眼中的太平花虽繁花似雪，但国家并不像太平花预兆的那样太平，中原未定、山河破碎，只好用“泪痕空对”表达其爱国情怀。在广袤的黄土地上生活的

人们，没有不钟爱太平花的，老百姓和皇帝一样喜欢这种小白花，盼望的是太平年。

太平花是虎耳草科落叶灌木植物，在野外较为罕见。她是北方初夏特有的观赏花卉，枝杈稠密，花期长，还具有活血化瘀、止痛的药用价值。

山坡上这簇太平花在凡常之间安静地开放，就像母爱常伴身边，映照在光阴中的点点滴滴。无人为她喝彩，却依旧努力展示着生命的色彩；无人为她施肥浇水，无人为她挡雨遮风，反倒更让她叶姿健美，花朵清丽，幽香四溢，成就了一身坚贞的品性。她默默不语，以至真至善传递人间至美的清欢。繁花轻舞，光华流转，细数成长，感恩母亲。在心田里种下太平花，不忘时时提醒自己多陪伴母亲。愿天下母亲安好，万家太平。

2021 年 5 月

初夏遇唐棣

每逢“五一”假期回到太白老家，我都会去山里看看，想去认识每一棵树，每一株草，每一朵花。今日立夏，即使下雨也挡不住进山的渴望。趁午后云层渐散，驱车前往王家堎罗马湾，一路山色空蒙，水汽袅袅成雾。忽然一片雪白迷住了我的双眼，那是一株正在盛开的唐棣，满树白花，如霜似雪，枝蔓低垂恰如层层流苏点缀在山崖上。远远望去，好似五月新娘的蕾丝头纱般飘逸动人。“清水出芙蓉，天然去雕饰”，我想靠近这株清新脱俗的唐棣，拽一枝仔细端详，无奈距离太远，被它无言拒绝，只能尽情吸纳它散发出来的香气。

沿着溪边走进罗马湾，又遇见一株虽植根于乱石滩中却依然饱满绽放的唐棣树，与对岸的翠竹、脚下的红色绣线梅和欢快的溪水，一同把身心的疲惫一扫而空。

眼前这些花瓣细长、薄如绢丝的唐棣花迎风飘舞，让人想起了《诗经》里歌唱兄弟亲情的名句：“棠棣之华，鄂不韡韡，凡今之人，莫如兄弟。”在这里，“棠棣”引为“唐棣”。唐棣花绽放时灿烂明亮，5 枚花瓣散开像为花萼遮风挡雨，筒杯状的花萼则坚强地将花瓣托起来，这就是兄弟之间互相帮扶的典型写照。《论语》中写到孔子与它的故事——“唐棣之华，偏其反而，岂不尔思，室是远而。”子曰：“未之思也，

夫何远之有。”唐棣花开，翩翩摇摆，难道不思念你吗？是因为家住的地方太远了。孔子对古代流传的这几句逸诗评论道：“还是没有真正思念啊，如果真的思念，又怎么会觉得遥远呢。”可见天生丽质的唐棣，三千年来一直深得人们的喜爱。

唐棣不但优雅芬芳，其树皮叫扶移木皮，历代医家把它视为治病良药，具有疏风止痒、活血止血作用。唐棣果实的形状和蓝莓相似，甜美可口，可制果酱或酿酒。没有想到，盛开在《诗经》中的唐棣还有这么多妙用。

太白的五月以漫无边际的绿色和各种盛开的野花渲染着茫茫秦岭，展示着生命中默默涌动的激情。草木解人语，人亦知草木。唐棣坚守自然的节奏，盛开于初夏，按部就班完成自己的使命。在清风徐徐的罗马湾里流连忘返，心情也随着洁白的花丝起伏。感恩五月，能够让唐棣花开吐芳，携来淡淡的清欢；感谢自己，在这个刚刚过去的春天，承受了风雨的洗礼。当我们对生命有所感悟时，才开始懂得生命是什么，才学会珍惜并接受生命给予我们的一切。

2021年5月

华光四照

雨后的山峦露出清晰明朗的面容，阳光尽情地洒落在终南山就峪的林间。树梢披上了缕缕金丝，清凉的晨风带着初夏的问候，轻轻摇晃着草木的叶子。溪边的蒲儿根开得异常烂漫，用手轻拂花丛，露珠倏然滑落，衣袖沾满了清香，令人神清气爽。

我们漫无目的地行走在山路上，各种野花不断从青青草丛中冒出，油然而生的欢喜不断从心里泛起。仰头望去，葱茏茂密的树丛中，一株树形优美的乔木让我怦然心动。它的枝条水平伸开，层层分明，树冠

舒展，碧绿油亮的叶片上仿佛栖满了一只只白色玉蝶，无风而颤，动人心弦。我爬上树，站在树杈上定神细看，四瓣硕大洁白呈桃心状的苞片，呵护着由众多小花聚集而成的球形头状花序，每朵小花还有 4 枚白色的花瓣，尤其从侧面看，极似洁白如雪的玉蝶亭亭玉立于枝头，优美庄重。这不正是被英国园艺界称为“中国女孩”的四照花吗？

与四照花初次结缘是在1985年全国中药普查时，在太白的山林里见到一株高大的树，结满了像荔枝般的红色果实，但果肉不厚，也没有荔枝那么甜，查阅《秦岭植物志》后，知道了它叫作四照花。

四照花属于山茱萸科山茱萸属，其叶对生，叶脉弓状，花苞大而夺目。它细长的枝条质地坚硬，常被用来制作匕首柄、箭头及烤肉叉子等。四照花结构独特，把众多小花聚集成一个头状花球，原本只做保护的苞片变成风情摇曳的“花瓣”来招蜂引蝶，不但将

花朵衬托的富贵饱满，而且一次能让很多花受粉，从而增加结果的数量，争取更多生存机会。四照花的叶子可以入药，具有治疗胃寒、腹部疼痛以及活血消肿的作用。

三十多年前未见其花，先尝其果，那个场景偶尔浮现在脑海里，心想总有一天四照花会不顾山高路远，与我再次相见。天地供养，年年岁岁，四照花在深山老林中随着时光生长凋零，远离人工雕琢，拥有精灵般的野性之美。深情的人惦念每株草木，人与草木的缘分，不是说有就有，尤其是这种可遇而不可求的四照花。大自然提供无穷的灵感，让我们有机会亲近生命中最洁净美好的事物，与芬芳的灵魂倾心相见。以乐观豁达的态度，悦赏万物，笑对人生，唯有如此才不负生命一场。

2021 年 6 月

初夏的信使

如果说野菊花是深秋的精灵，以成熟辉映着深秋湛蓝的苍穹和金黄的山野，那蒲儿根就是初夏的信使，在夏日的碧涛中扬起金色的浪花，为秦岭带来一道靓丽的风景。

周末来到周至县的就峪徒步，与我们频频相遇的野花就是蒲儿根。蒲儿根向阳而生，溪水旁、山路边、石头缝里，只要有一丝阳光的恩泽，就能回报一片生机勃勃。在初夏绿色一统天下的画卷中，蒲儿根绽放的金色花朵仿若点点繁星，夺目耀眼，置身其中，只觉天地澄澈，美不胜收。

蒲儿根是菊科千里光属植物，它和野菊花一样都是金灿灿的头状花序排成聚伞状，所以很多人都误认为它是野菊花。仔细观察，两种花的区别还是很明显。

野菊花有浓郁的香气，蒲儿根则没有；野菊花的茎大多是匍匐或铺散生长，叶羽状半裂或浅裂，蒲儿根则是直立生长，叶片心形，从下到上逐渐变小，边缘有不规则的粗齿状；野菊花秋天开花，蒲儿根则盛开在初夏。

轻轻采撷一株，捧在手上端详，13片金黄色的舌状花瓣紧紧地环绕着花盘，守护着众多管状花蕊。某些嫩小的花朵只有一个绿色的花盘，13根睫毛般的花丝从花盘基部伸展出来，随着时间的推移，纤细的“睫毛”也将慢慢的展平成舌状花瓣。凑到鼻尖，有一缕若隐若现的药香，淡而长远。

蒲儿根全草入药，有清热解毒、凉血消肿之功。遇到蚊虫叮咬，将蒲儿根汁液敷到患处，症状很快消失，在农村备受许多老中医的喜爱，日常生活里经常用到它。

蒲儿根的生命力及繁殖能力极强，种子带有白色冠毛，随风飘到哪里就在哪里安家，不断繁衍生息。亚里士多德说：“大自然的每一个领域都是美妙绝伦的。”即使如山里的蒲儿根一般看似平凡无奇的野花，也发挥着不可替代的作用。让我们对这些默默无闻的花草，保持一份深情与善意。

2021年6月

邂逅夏日风铃

夏日的终南山仿佛自带空调，绿树葱茏，溪水竞流，清幽宜人，颇有王维诗中的清凉之感。

沿着山路不紧不慢地向赤峪深处走着，这期间的目光一直没离开过路边的花草。我的专注终于得到了回报——几株清纯可爱的紫斑风铃像气质安静的白衣少女，一直含羞低头等待着我们的到来。她们身姿修长，轻盈空灵，低垂的筒状花被恰似一串串铃铛错落有致地挂在高高的枝头，呈现出音符一般优雅的线条。山风吹过，铃铛在风中轻轻摇曳，侧耳倾听，没有风铃的清脆声，但有一股清凉和余韵绕梁的神奇感觉。

眼前充满了野趣的紫斑风铃，让人产生一种亲近的欲望，很想进入它的迷你世界去看一看。紫斑风铃面色白皙，总是低眉垂首，样子也很娇羞，原来是为了掩盖“脸上”的雀斑。它的紫色斑点藏在低垂的花

被筒里，深浅不一，只能俯下身体后仰视才能看到。有的花朵斑点明显，透过阳光会渗出来。轻轻地托起花朵，花冠向上，看到里面调皮的小雀斑和细小的绒毛，心中泛起一阵怜爱。作为桔梗科风铃草属植物，盛开在夏日的紫斑风铃因其外形如铃铛般的模样，让人联想到悠悠摇曳的风铃，所以又被称为“夏日风铃草”。

紫斑风铃是为数不多的蜜源植物，花朵里有一个小小的蜜腺，对着花筒可以闻到花蜜的香甜。看似含羞低垂的花冠，正是它“过人之处”的智慧体现。因其一般生长在海拔高的地方，下垂的花被筒很好地保护了它的花粉和蜜腺，防止风雨及紫外线对其造成伤害，同时花被筒像个温室，给传粉昆虫营造一个庇护所。紫斑风铃开花的季节恰逢仲夏萤火虫飞舞的时节，偶尔铃铛般的花朵便成了萤火虫的家，因此在日本它还有一个别名——萤袋。紫斑风铃全草入药，具有清热解毒和止痛的功效，主治咽喉炎、头痛等。

只要夏天到了，紫斑风铃总是静静地在山林间开放。它似乎弱不禁风，却拥有人类难以想象的智慧。如果我们低下头来，认真观察，虚心研究，就会领略它的神奇，发现深藏的若虚。紫斑风铃值得我们敬重、借鉴、师法。

2021年6月

白山上的梦幻草

耧斗菜（摄于长白山）

出生在太白山下的我，总觉得应该至少去一次长白山，因为它俩号称中国最白的两座山。没想到与曾经觉得遥不可及的长白山的会面，就在不经意之间到来。周五在长春刚开完会，说走就走，驾车 4 个小时到达长白山的西坡。在这个炎热的 7 月盛夏，长白山与家乡的太白山一样凉爽宜人，沿途景色秀丽，万物酣畅生长。当我们行走于高山草甸，穿梭于茂密森林，漫步于山谷溪畔，总有一种零零散散、花冠飘逸、轻盈灵动的奇特小花跃入我们的眼帘。它植株矮小，叶似芍药碧绿光亮，长长的花梗上错落有致地开放着粉色、紫色、红色、黄色的娇小玲珑的花朵。花朵的形状有的像古人的酒樽、有的像风铃，有的像丝绸的灯罩、还有的像沙漏……它的花冠微微低垂，仿若含羞带怯的少女，这种惹人怜爱的花朵就是人称“梦幻草”

长白山天池

的耧斗菜。

耧斗菜是一种被名字耽误的美丽花朵，虽被称之为菜，但却不能食用，有小毒。耧斗菜的花萼和花瓣相互交错构成了其花冠，看上去像播种的农具耧斗而得名。

初识耧斗菜是37年前的7月，当时我带现任上海中医药大学中药研究所所长王峥涛博士在太白县石沟采集唐松草标本，远远看见山脚下林地里开着几株紫红色精灵般飘逸的花朵，走近后即刻被其美丽的叶形和花姿所吸引。其五枚花瓣基部向后延伸突起，形成一个管状花距，长长的花距勾勒出美丽的弧线，弧线末端内卷，像猫的爪子，还有那翘起的萼片，像小鸟的翅膀，展翅欲飞。王博士告诉我，这种美丽的野花是毛茛科植物，名叫耧斗菜。从此我记住了耧斗菜，记住了它那低垂的目光。

摘下一片花瓣，将花距放进嘴里，一股清凉的甜味溢出，原来耧斗菜的花距末端藏着花蜜。生长在不

耧斗菜（摄于秦岭）

同地区、不同海拔高度耧斗菜的形状、颜色，花距的长短、角度皆有所不同，且蜜的含量和成分也不同，这是耧斗菜的生存智慧，是为了适应天蛾、蜂鸟、熊蜂等不同的传粉生物而设计出来的。

耧斗菜极耐寒，能在 −40℃的环境下生存，生命力极强。它是宿根植物，而且种子能自播，因为耐寒，在西北太白山和东北长白山都常见。耧斗菜不光是一种美丽的野花，能给人以充分的视觉享受，它还是一味很好的中药，具有活血调经功能，可以治疗痛经、崩漏等妇科疾病。

只要带着阳光雨露前行，就能遇见生命中的美好。与大自然相依而生的野花虽然微小不语，却至情至性，令我们愈亲近，愈快乐。耧斗菜把相隔千里之外的长白山与太白山紧紧相连，让我记忆的相册又多了一份珍藏。

2021 年 7 月

遇见珍稀“植物活化石”

太白山

紫苞雪莲

40多年前，教药用植物学的姚老师在讲课时提道：“太白山有一种稀世珍宝叫独叶草，它是研究植物进化过程的活化石。一位日本专家为了学术研究，曾用10万美金想买一株独叶草标本，国家有关部门不同意。”从那时起，独叶草就以一种神秘的姿态印刻在我的脑海里。工作后曾多次登上太白山拍摄“太白七药”的照片，其间依然没有遇见独叶草。尽管我知道要遇见孤独而遥远的独叶草比登天还要难，但是它的神秘依然令我无尽地痴迷和向往着。

上周末和几位热爱生活、志同道合的朋友相约攀登太白山。车行至下板寺下车登山，一路攀爬，一路细雨，穿越云雾，徒步森林，映入眼帘的是雨静山林翠的自然之美。

随着海拔升高，高山杜鹃出现在路旁，马先蒿、秦岭党参、太白韭、太白贝母、太白秦艽、紫苞雪莲、大花糙苏、陕西紫堇、太白乌头等只有在太白山才能得一见的野花，星罗棋布地铺满了整个草甸和林间空

独叶草

地。一只血雉在林间悠闲自在地“逛大街”，鼠兔旁若无人的吃着圆穗蓼的茎，我们仿佛走进童话中的世界。

三个小时后我们才爬到海拔3160米处，雾气笼罩着遒劲挺拔的巴山冷杉林，林下铺着厚厚的苔藓和腐殖质，前面的朋友刚走过，后面的我不经意间发现一株大约10厘米高的植物，细小的茎上顶着一片圆形叶子，五全裂，叶型与银杏相似，有开放的二叉分枝叶脉，叶子顶部边缘有小牙齿，背面粉绿色，显得十分的娇嫩。念念不忘，必有回响。只在书上看过的独叶草终于出现在我眼前，欣喜之情无以言表。如获至宝的我小心翼翼地拍着照片，生怕脚下不小心踩到比大熊猫还珍稀的“植物活化石”。

古来圣贤皆寂寞——世界上最孤独的植物大概就是独叶草。因为它没有兄弟姐妹，只有一片叶子，只开一朵花。尽管没有一个文人为它留下一词半句，但它跨过了6700万年，在恐龙灭绝之前就存在了，比在地球存在了800多万年的大熊猫出现还早得多。独叶草是我国的特有植物，被列为国家一级重点保护野生植物。其原始性在被子植物中几乎是独一无二的，对被子植物进化研究具有很高的价值和科学意义。早

太白韭

在 19 世纪 20 年代，意大利传教士瓦尔德就把太白山的独叶草采集回国，并制成蜡叶标本，至今还保存在英国爱丁堡植物园内。

“芝兰生于深林，不以无人而不芳。”独叶草生长在人迹罕至的原始森林中，并不愿意被人类过多打扰，对生存环境要求近乎苛刻，被认为是优异生态环境的“天然指示器”。人为因素、环境的缺失、以及独叶草本身环境适应能力的退化，导致它们一步步地走向濒危，如今在野外已极为少见了。今天发现的一小片独叶草实属难得，它们埋藏在地下的根是连接在一起的，就像细细的、连绵不绝的脉络，传递着彼此的能量。草医把独叶草叫作化血丹，认为具有治疗跌打损伤、瘀肿疼痛、风湿筋骨痛等作用，但是独叶草的最大价值不是药用，而是科学研究。

圆穗蓼

秦岭党参

独叶草不但孤独，而且简单，一叶、一花、一枝。万千繁杂，大道至简，多数人的内心不够宁静，不能享受孤独，而唯有在孤独中才能专注于自己的事情，才能够不断地提高自己。

清新淡雅的仙女

初夏的苍峪，万物并秀，草木葳蕤，铺天盖地的绿色世界静中有动，动中有静。我一个人漫步在雨后的山间小路上，吹着微凉的清风，听着抑扬顿挫的鸟语，心弦随着绿叶一起摇曳，沉浸在这醉人的时光里。

大自然总把最美的景色藏在深山老林中。山越走越高，林越走越密，猛然看到灌木丛中一帧帧“夏日飞雪”的画面。柔软的枝条上缀满了清新淡雅的小白花，洋洋洒洒、浩浩荡荡，远远望去如同白雪压枝，万绿丛中雪海翻涌。微风拂过，皎洁的花瓣片片迎风簌簌飘落，好似雪花飞舞，美不胜收。我对洁白如雪的野花素来有一种天然的青睐，更何况这如瀑布般飞洒、烂漫迷人的仙女花朵。

细看每一朵小花，五瓣肉感的花瓣冰清玉洁，对光通透，如白玉一般，柔和细腻，温润无声。十枚乳白色雄蕊，分为内外两圈。外圈高，内圈低，像诸葛亮的八卦阵，将黄色雌蕊围在中间。还未绽放的花蕾像一粒粒浑圆洁白的珍珠，散落在青翠碧绿的叶片中，给人带来无限的遐想。

眼前这片慧外秀中的仙女野花叫“小花溲疏”，不但美丽圣洁，而且药用价值很高，就是名字听起来臭臭的，所以经常被人们错过。小花溲疏是虎耳草科溲疏属落叶灌木，它生性坚韧，既耐寒又耐旱，萌芽力强，喜光，能在山中的石缝间向阳而生。溲疏小枝中空，所以又名空疏、空木等。“溲”意为尿，”疏“为疏导顺畅，“溲疏”，顾名思义，有清热利尿之功效。《名医别录》中记载：“溲疏有通利水道、除胃中热、下气之效。”溲疏的根、叶、果均可以入药。

席慕蓉说："走得最急的都是最美的时光。"一年365天，属于终南山的花季却很短，能在初夏的苍峪遇见几丛清纯如雪的小花溲疏实在不虚此行，让我忘却了忧愁和疲惫。小小的野花既赐予我们良药，传递大自然的甜美芬芳，又能承载我们无处安放的情感。北宋学者程颢说："仁者，以天地万物为一体。"一草一木皆应以敬畏之心对待，是与天地共存、与万物共生的，我们要把它们视为自己身体的一部分而加以爱护。

2022年5月

万灵物接骨木

今年3月底我去祥峪踏春，遇见接骨木正在开花。走到它的跟前，有含苞的、半开的、盛放的花朵，使得空气中弥漫出一股麝香葡萄的甜蜜芬芳。花冠蕾时带粉红色，开后呈白色或淡黄色，圆锥形聚伞花序顶生。花小而密，轻轻浅浅，层层叠叠，似小家碧玉般惹人怜爱。接骨木花与叶同出，舒展的单数羽状复叶边缘有小锯齿，有一种素净质朴的美，显得谦逊且不引人注目。两个月后我去苍峪又遇见了接骨木，此时它正在结果。一串串红色浆果在翠绿枝叶的衬托下，犹如红宝石一般耀眼夺目，透着鲜活的生命力。

杜甫《望岳》诗云："安得仙人九节杖，拄到玉女洗头盆。"诗中的"仙人九节杖"就是用接骨木做的手杖。《哈利·波特》书中让主人决斗时施展出极大法力的魔杖，也是接骨木做成的。接骨木名震江湖，宗教信仰者视其为圣树。

接骨木是忍冬科接骨木属植物。其茎节处有似关节的凸起，枝条中空，很像骨头中有髓。它适应性较强，插条即活。因此古人认为接骨木具有接骨续筋、活血止痛的作用。《本草纲目》记载："此木有主折伤、续筋骨之功，故名接骨木。"接骨木对骨折、跌打损伤、痛风、大骨节病和慢性肾炎等疾病都有疗效。

在西方的传说中，接骨木一直被一种神秘的气氛笼罩，它被看作是一种强大的巫术植物，有着神圣的法力，象征巫师世界最强大的律法。神职人员认为接骨木是灵魂的栖息地，他们喜欢拥有一根接骨木制作的魔杖。普通家庭也喜欢在宅院里栽种接骨木用以辟邪，防止病魔与恶灵缠身。德国的植物家玛丽安娜说："在荒村僻野，如果接济一家人口粮的是榛子树，那么接骨木则是他们的医生。"医学之父、现代医学奠

基人希波克拉底将接骨木喻为“天然医药箱”。人们之所以对接骨木有着异乎寻常的敬畏，其实是来源于日常生活中接骨木的神奇疗效。接骨木茎用于治疗关节炎，其叶和果实治疗感冒和发烧，至今欧美一些国家仍以接骨木糖浆剂防治儿童感冒，相当于中药里的板蓝根、鱼腥草之功能。

在秦岭山区经常可以遇见接骨木，让人觉得它理所当然被划分为普普通通一直在那里的植物，进而被忽视。原来接骨木浑身是宝，它集药用、食用、观赏于一体，春季羽状复叶舒展，白花满树，夏季树姿婆娑，欣欣向荣，红果累累，且经久不落，是大自然中真正的宝藏。

2022 年 6 月

小草志远

中伏已过，还有五天就立秋了。可是西安的空气像被火炉炙烤过一般，热浪滚滚，让人无处躲藏。为了寻找诗仙李白“懒摇白羽扇，裸袒青林中。脱巾挂石壁，露顶洒松风”诗句中的那般清凉境地，周末我们前往终南山天子峪的高山草甸纳凉避暑，享受到22℃的“天然空调”。

天子峪位于长安区环山公路处，距离西安市中心35千米。相传因唐高宗李治出生于此而得名，李世民曾三次来天子峪中的至相寺敬香，此处又被称为“三秦之府”。

当大汗淋漓的我们登上天子峪东岭海拔 980 米处的草甸，青草绿浪，清风拂面，周身凉爽，一切燥热自然消散。

站在山顶北望长安，秦川大地道路交错，楼盘林立。南眺诸峰，林木葱郁，云雾缭绕，为佛教僧侣修行隐居之天堂。而就在脚下，一株株神采奕奕的蓝紫色小花在风中忘情摇曳，不断吸引着我们的注意。它那纤细的枝条如同一位苗条秀气的女子，随意舒展，率直无曲。柳眉般披针形叶子顺茎斜上，细叶抱着细茎，合聚而不散。整个植株看上去不到两拃高，瘦瘦小小，但它宁神定志，精气内收，带给人一种与众不同的气质——它就是远志。

这些顶部互生的蓝紫色小花，有的含苞待放，有的流苏如羽。花瓣三枚，中央花瓣较大，似兰花，背面顶端撕裂成流苏状，造型奇异，格外俏丽。随着花开，总状花序顶生枝端，会变成一片紫色珊瑚丛，雌雄蕊就藏在这一片珊瑚的龙骨瓣里。五枚花萼分为内外两轮，外轮的三枚偏小，特征明显；内轮的两枚偏大，形状与花瓣类似，透着淡淡的蓝紫色，和花瓣极

像，与花瓣一起吸引昆虫。

远志苗小茎细，故名小草。但其根粗壮，有坚硬的木心，常生于乱石滩，钻石而长，其形状随石头缝隙而变，或圆或扁，古人又将其称为“石精”。

远志是一味历史久远且非常重要的中药，具有安神益智、耳聪目明之功效，久服能轻身不老。远志生长在干硬贫瘠的山野，用足够的信心和力量，钻出地面，专注坚定地竖起细直而上的小茎，感受天地之灵气，采集日月之精华，开出如鸡冠状的蓝紫色玲珑小花，还散发着淡淡的幽香。

《世说新语》里用“在山为远志，出山为小草”来讥笑东晋名士谢安，从此远志被赋予了独特的文化内涵，历代诗人也都曾以远志来抒发自己的感情。“天人合一”是中国文化对人类最大的贡献。小草绝不缺少智慧，它带给人类的影响，远比我们想象中更为丰富。从古到今，远志一直默默地在荒野中努力生长，既扎根泥土，又眼望星空，让我们无论顺境逆境，永远不要放弃自己的志向。

2022 年 8 月

四季拾芳

秋

蓝关古道野酸枣

蓝关古道位于蓝田县秦岭山中，早在商周时已有雏形。历史上的蓝关古道不仅在军事上有着举足轻重的作用，还是关中与东南各地政治、经济和文化交流的通道。秦始皇为了加强对东南诸地的集权统治，曾两次经蓝关古道浩浩荡荡出巡。秦、汉、唐历代通过此古道之商贾文人、军旅戎马比比皆是。韩愈被唐宪宗贬往潮州，行至蓝关时被大雪拥阻，留下“云横秦岭家何在，雪拥蓝关马不前”的千古名句。

中秋节后，我和张曦兄又一次驶过蓝关古道，从峣山至蓝桥段是一道绵亘起伏的山脊，气势雄伟险峻。给我留下深刻印象的是古道两边的崖畔上，一丛丛野酸枣的身影。

野酸枣低低矮矮，细枝细条，总也长不高，长到杯口粗细便自然干枯，由根部再生新叶，所以很难成

树。野酸枣浑身带刺，但它谦卑、坚毅的品格很招人喜欢。它看似单薄，却很有筋骨，乱石中，岩缝里，只要有扎根之处，就能安身立命，像淳朴憨厚的山里人。九月的野酸枣迎来了一年中最神采飞扬的时刻，部分果子已经由绿变红，外形像迷你版的小苹果。采一粒品尝，酸多过甜，非常开胃。

野酸枣养心安神的作用名不虚传，我多吃了几颗，晚上一挨枕头就呼呼地睡着了，一觉安睡到天亮。难怪野酸枣仁自古以来就是天然的安眠药，凡治疗失眠的中药方剂里几乎都有它，被誉为“东方睡果”，这就是野酸枣看似天生无用的最大用处。联想到生活中许多其貌不扬的人往往身怀绝技，所以千万不要以貌取人。

2014 年 9 月

太白的早晨

我想成为仁者，还未达到，智者更算不上，但从小热爱山和水，视山水为挚友。无论苦闷或快乐，总把一切交予山水，这是因为生命与自然有着必然的联系，走近自然是生命的需要。过了知天命的年龄后，只想在嘈杂的都市之外享有一片宁静和清香。

家乡太白县山多水多，群峰叠翠，流水飞瀑，风景如画，正为我提供了这样梦想中的去处。每次回家都要起个大早，和永生相约登山。秋天来了，天空纯净高远，山顶的视野更加通透。此时正是云海高发期，白云就在我们的脚下。波涛翻滚，面山如海，令人心醉神迷，忘却了时间的流逝。郁郁葱葱的森林，汩汩

流淌的溪水，还有缤纷多彩的野花野果，在万道朝霞的亲吻下，它们慢慢苏醒、发亮，犹如神迹。我仿佛一伸手就能触摸到美，并且和它们息息相通。

一株野豌豆花于绿茵中发出细微的淡紫色光芒，牵动了我的目光。它虽然普通，却有自己的个性，虽然渺小，却有自己的颜色。尽管对太白的一花一草熟悉得不能再熟悉了，但从未让我失去新鲜感，总会在一次次相遇中获得新的感悟。因为家乡是我不变的爱，因为爱的秘诀是，每一次都如同第一次。

2015 年 8 月

野果飘香长板沟

圆穗蓼

距离上次的赤峪之游已经过去了半个多月，这一阵子没能抽出时间进山，以至于整个人好像缺少了某种营养，打不起精神来。正好新加坡国立大学的吴教授来西安开会，他的老家就在陕南的大山里，喜欢山水间的清幽，能与山水共从容，对大山有一种难以割舍的思念。于是我和吴教授一拍即合，今早相约来到了赤峪的长板沟。

一进山里就迎来了秋天的动人景象——八月炸、猫屎爪、野生猕猴桃和赤爬已经成熟了，三五成群挂在枝头。裂开的毛栗子躺在枯叶中，散发着鲜活的光泽，美得像一幅夏尔丹笔下的静物画。野生灵芝藏在乱石的缝隙里，鲜艳的菌盖如同打了一层蜜蜡。不时看到马蜂窝像巨型雕塑般高高地悬挂在树枝上，有两三个篮球那么大。一串串木防己果实紫如葡萄，香气

杜梨

山荆子

野生猕猴桃

毛栗子

灵芝

八月炸

石头

袭人的是褐色的杜梨，还有鲜艳欲滴的山荆子红果，它们一起把森林装点得五彩缤纷。水金风和南沙参正在拼命地崭露头角，生怕转眼就逝去。溪流冲刷着沟里大大小小的石头，奇形怪状，雅趣天成。一路没有遇见游人，只有我、吴教授及本地村民陈师傅三人。长板沟静静地等着我们来，拿出它最好的礼物犒劳我们。

只是初秋而已，山里寒风阵阵，落叶不停从身边飘落，生命的凋零不可避免。日本经典文学作品《徒然草》里有一段话写道：“樱花并非唯有盛开的时候才值得观赏，月亮并非皓月当空才最美丽，含苞欲放的枝头与枯叶满地的庭院尤其值得玩味。”秋天有伤感和喜悦，有失落和满足，在残缺中看见完整，在有限中感受无限，心系当下，幸福就会不期而至。

2015 年 9 月

赶往黄牛河的秋天

昨天从太白县城开赴水蒿川，只为看一眼传说中的褒河源头黄牛河沿路的红叶盛景。

一驶入眉凤路就进入了秋的王国。过往车辆极少，路面干净清爽，让我们能够轻松写意地穿梭在群山的怀抱。道路两旁山峦叠嶂，沟谷纵横，茂盛的植被随着海拔增高，形成鲜明的植物带谱，层层递进带来了丰富的视觉享受。行至半山腰老杨沟梁上一个山口，一直掩映在密林深处的盘山公路豁然出现在眼底，像一条美丽的丝带飘荡在五彩斑斓的群山之中。我们不知不觉刚刚从这条丝带上走过，美得让人毫无防备，引起车上一片赞叹。漫山成海的树木交织在一起，红、橙、黄、绿，韵律天成，组成了一把巨大的秋之花束。

植物蕴藏的能量如此强大，又一次唤醒了我们对自然的感知。

到了靖口后，车拐进了一条水泥小路向玉皇山行驶。玉皇山是太白山以西第一高峰，相传是玉皇大帝修道之处，黄牛河便发源于此。行至小路尽头我们下车步行，田野、村舍和远处的山峦谱写出一曲民谣，带来浓浓的怀旧氛围。前行中听到了汩汩的流水声，走了好久才见其真面目，原来是清泉石上流，未见泉，先闻声。顺着泉水找去，清澈见底的黄牛河出现在眼前，它不急不躁地流淌着，把自己交给了这个迷人的秋天。

2015 年 10 月

故乡的深秋

国庆节后天气渐渐变冷，太白的景色也悄然发生着变化，多彩的山峦褪去了淡妆，换上了一层浓厚的曼妙色彩。

昨晚一场小雪降临后，山坡上的树叶一夜之间明艳了不少，有的亮黄，有的橙红，还有的翠绿。瓦蓝的天空上飘着三五朵白云，将农家金黄的玉米垛衬托得更加喜人。斜阳照进寂静的峡谷中，逆光拍照时留下了彩虹般的光束。

鳌山脚下的山谷氤氲缭绕，山顶上已有了积雪，迈向冬天的脚步正缓缓向前。世人总是钟情于秋之红

叶，迫不及待地要跨过绿，殊不知红透之后树叶将很快和树枝挥手，很快飘落。人生也如此，到一定阶段便会面临飘零和诀别。当你意识到生命有多宝贵的时候，你就会特别惜命，但惜命的最好方式不是养生，而是折腾自己，把自己的生命淋漓尽致地燃烧透了。

我迷恋深秋的太白，在这里可以洗一洗身体和灵魂，给自己换一种视角，甚至是一种生活方式，给生命增加多一种可能性。

2015 年 11 月

翻山越岭来看你

浑然天成的景色总是藏在不起眼的地方。广州罗定市就有这样一个山色青翠、空气宜人的小山村。它炊烟袅袅，与世无争，如悠然的世外桃源般安卧在高山深谷，名字叫蒲垌坑。

蒲垌坑距罗定市 40 多千米，从市内动身后的一段小路还算平坦，忽然冒出一道道胳膊肘弯的山路，令我们猝不防及。左边是峻峭的石壁，右边是望不到底的深谷，加之路面非常狭窄，对面有小车驶来，勉强可以擦肩而过。到了蒲垌坑，景色豁然开阔，青山环抱着一大片村郭和稻田，满眼的苍翠，满肺的清新，宛如飞入一幅天然的彩色画屏，让一路绷紧的神经放松下来。在一位喜眉笑目的村民大哥指引下，没走多远形态各异的小瀑布出现在我们眼前，那是淙淙的溪流顺着山势奔腾而下的杰作。有的像一幅洁白的绸缎飘来荡去，有的两条并排好似母子，有的几经落差形

成叠瀑，层层欢跳，如滚雪般溅起朵朵冰花。

我和小辉兄逆水拾级而上，登至山顶，俯瞰夕阳下的梯田，听晚风从树梢上拂过的声音。世上总有一片如诗的风景使我向往，也让我终于明白，所有的跋涉都是为了这一刻与美好相遇。

2016 年 10 月

秋雨中的黄花岭

西安今年的秋季多雨，早上起来窗外的细雨给天地间蒙上一层白纱，花草树木显得有些萧瑟。我接上朋友后驾车从锦业路出发，沿西康高速过秦岭终南山隧道，到营盘出口后就进入了黄花岭公路，想探寻秋的另一番景象，看一看雨中的黄花岭。

行驶在崇山峻岭之中，车窗外的风景如烟似梦，浮云如水般浸没了山巅。雨雾笼罩下的山林时隐时现，像被磨砂玻璃挡住一样，只有最红的叶子能够跳脱出来。我们一路盘旋至山顶，下车后穿上雨衣，钻进湿漉漉的树林。落叶归根，各种阔叶植物将只剩下孤零零的枝干，唯见一丛秦岭黄金菊于蒙蒙细雨中孤芳自赏。它们形如珍珠，色如黄金，全株披白色柔毛，花朵为神奇的九瓣五十蕊。不同于普通的野菊花，黄金

菊的花、叶及根均带有浓郁的香气。贾岛诗云：“最美长安九月九，金菊傲霜满城香。”

黄金菊只生长在海拔 1000 米以上的高山之上，花盛开后将种子撒向空中，随即凋零。生命有无数种选择，或飞扬或内敛，唯有努力做自己，才能绽放别样的光彩，才算是酣畅淋漓地活过。

2016 年 10 月

秋游美国

一

家乡怎能不让人怀恋

“简直是天堂，西弗吉尼亚，蓝岭山脉，谢南多厄河，古老的生命，比树龄更久远，比群山更年轻……”歌中的蓝岭山脉，就是我们这次来美国自驾游的主线。

迎着朝阳，与其说驶入了弗吉尼亚州雪兰多国家公园的蓝岭公路，更像进入了金色的国度。大自然已经为我们这些万里迢迢赶来的异乡客准备好了一场华丽的演出，高山丘陵被铺天盖地的金色包裹，美得不可方物。我们随着山势环绕起伏，时而深入幽谷，时而攀上山顶，时而穿过湖泊与河流，一处处风光连接起来，奏出了一章恢宏的交响乐。波光潋滟，落叶如

虹，彩林中坐落的小木屋充满了童话般的诗情画意。

我们由北向南徐徐行驶，黄栌树、刺槐和黄樟树融汇成一条奶油黄的隧道，猩红栎、红枫树和枫香树点缀其中，发出红宝石般的瑰丽光彩。漫山遍野的山茱萸、酸叶石楠和花紫树都染上了逐层渐变的深红和金黄，就连画家的调色盘也装不下这么丰富的颜色。一只黑熊突然横穿公路，还没来得及拍照就消失在密林之中。我们下车穿过树林，来到一处景色绝佳的坡地。头顶的叶子交错在一起，于光影里共舞，如万花筒般迷人双眼。每隔几千米就是一个景点，走走停停，原计划一天要行驶 280 千米，实际只走了 160 多千米。尽管旅途有一些劳累，但处处总有一片惊艳迎接我们。

林间自由穿梭的山风，从岩石上呼啸而过的瀑布，蓝得醉人的苍穹，忽远忽近的云……这一切使人感觉仿佛回到了家乡，秦岭深处的太白。是啊，天堂般的家乡，怎能不让人怀恋？

二
一路向南

昨夜下了一点雨，早上起来阳光明媚，清风送爽。趁着大好时光，我们继续沿着蓝岭公路向南启程，不是为了到达某个终点，而是去捕捉沿途未知的惊喜。

从蓝岭公路穿过南弗吉尼亚州，进入北卡罗来纳州，一路上手机信号全无。车道基本依山而建，多S形，全程无加油站，无红绿灯，无快餐店，畅通无阻，偶尔有一辆车经过，就像行走在凡间通往仙界的路上。高山杜鹃相伴左右，花楸树艳红的果实点燃了山坡。随着海拔增高，视野愈发辽阔，植被种类递增，远远望去，由于树叶变色的速度不一，山林呈现出音符般跳跃的明暗色调，变换出无限的绰约风姿。

一路向南，大自然带来一幕接一幕难以抗拒的秋之诱惑，让我们抛下了世间烦扰，一心迷醉在无边的秋色之中……

花楸树

三

秋水盈盈低回不已

早上在赶往费城SEDOR公司的途中，丹枫迎秋，处处悦目，朋友刘总说要看红叶，得到普林斯顿大学。据说普林斯顿大学拥有的不只是顶尖的学术，还有让无数人在这个季节趋之若鹜的红叶。虽然我看过许多地方的红叶，但去大学里看还是第一次。

办完公事后，我们顺着特拉尔华河边的小径步行前往普林斯顿大学，走着走着令人惊叹的枫林美景落入眼帘，那简直就是一幅幅油画，美得无法用言语形容，难怪爱因斯坦到了普林斯顿就不想走了。卡内基湖环拥着普林斯顿城，清透的湖水像一块水晶画板，上面用最细致的笔触纤毫不差地描绘出天空和两岸的斑斓多姿，美得让人不觉屏住了呼吸。蓝汪汪的湖面上大学生正进行龙舟比赛，一群群野鸭悠然自得，丝

毫不受干扰。

斜阳穿过树林，投下深深浅浅的光斑，就如同埋藏在心底深深浅浅的记忆，总会在某一个时刻清晰地浮现。湖光枫叶两相宜，金风玉露，倒影绰绰，一幅幅美景就此定格，为记忆的画册又增添了不可多得的佳作。

2016 年 11 月

碧桃红颊一千年

今年的中秋节阴雨绵绵，没有看到那轮期待已久的明月，心里有点“此夜若无月，一年虚度秋”的失落。近日受邀参观临潼石榴红生态科技园，享用到果大皮薄、汁多味美的百富瑞石榴，补偿了明月缺席的遗憾，收获了一份来自金秋的喜悦。

人杰地灵的临潼面朝渭水，背靠骊山，不仅是兵马俑的故乡，而且是中国石榴文化的发源地。“乘槎使者海西来，移得珊瑚汉苑栽，只待绿荫芳树合，蕊珠如火一时开。”这首诗讲述的就是公元前 119 年张骞出使西域，带回石榴种子的故事。其时张骞来到了西域安石国，正值大旱，赤地千里，庄稼枯黄，连御花园中的石榴树也奄奄一息。张骞把汉朝兴修水利的经验传授给他们，救活了一批庄稼，也救活了那棵石榴树。张骞回国的时候，安石国王送给他许多金银珠宝，他都没要，只收下了一些石榴种子作为纪念品带了回来。首先在当时的帝都长安上林苑种植，因得到汉武帝的喜爱，后又命人将石榴栽植于骊山温泉宫，由此生根繁衍成为今日的临潼石榴。

我们踏进石榴红生态科技园，眼前一片“火光霞焰榴实繁，婀娜俏姿枝上悬，红腮笑破新月满，疑是仙境现人间”的盛景。摘下一个沉甸甸的大石榴，剥开外皮，露出晶莹透亮的石榴籽，像一粒粒红玉髓般密密地镶嵌在一起，放在手心如同一件耀眼的珠宝。

轻轻咬一口，沁心的甜里似乎裹着一丝跳跃的火，舌间转动的是“半含笑里清冰齿，水晶为粒玉为浆”的美妙滋味。

除了石榴，还有哪种植物能把中国文化展示得如此淋漓尽致？中国人钟爱红色，期望日子过得红红火火，石榴花正是热闹的火红色。五月石榴花的花神，是传说中的镇宅圣君钟馗，石榴花也被钟馗故里的陕西省西安市定为“市花”。民间所绘的钟馗画像，耳边都插着一朵艳红的石榴花，以火样性格的钟馗来做火样的石榴花神最恰当不过。中国人喜欢多子多福，家族兴旺，饱满的石榴果里紧裹着多达数百颗籽粒，又暗合了子孙满堂，和睦相处。中国人希望夫妇亲密不离，石榴中的“并蒂榴”品种，枝梢生花两朵，并蒂而开，对对红铃，比喻二人永结同心。石榴“丹葩结秀，华实并丽”，无疑是最能象征繁荣、富贵、吉祥和甜蜜的植物，值得我们好好品味。

2017 年 10 月

把美带入每天的生活

今天早餐后出门来到丈八路的花市买鱼，周末的花市熙熙攘攘，每个人都在寻找心中所爱。踱步之时，整齐摆放在花架上的一盆盆多肉植物引起了我的注意。它们厚实饱满的身体变换出超乎想象的造型，让人感叹世界上还能长出如此小巧精致而又千姿百态的植物。多肉的颜色很像时下流行的莫兰迪色系，低饱和度带着灰调，朦胧、淡雅，有一种佛系的气质。老板热心地给我介绍他的萌宠——宝石花、女王花笠、黑法师、千兔儿、白鸟、千佛手、雅乐之舞、十二卷、金钱木、鹿角海棠……

从我关注的一位植物博士的公众号中了解到，多肉植物（succulent plant）是指其根、茎、叶三种营养器官中，至少有一种是肥厚多汁并且具备储藏大量水

分功能的植物。这种植物最独特之处是能储藏可利用的水，当土壤含水状况恶化、根系不能再从土壤中吸收和提供必要的水分时，它能使自己暂时脱离外界水分供应而独立生存。据粗略统计，全世界共有多肉植物一万余种，在分类上隶属100余科。它们原本生长在干旱地区，是散落在世间的一个族群。相同的经历，造就了相似的灵魂，即使生成不同模样，被分隔在不同地方，它们都有一个共同信念——顽强生存，不放过一丝机会。隐忍如苦行僧，展露的却是微笑，所需极少，却涌泉相报。它们是浪漫的沙漠玫瑰，越是环境恶劣，越是争奇斗妍，把寂寞的沙漠扮成了美丽的花园。多肉植物从雾气中储蓄沙漠里的珍贵水分，给周围的动物和昆虫提供水分和食物，支撑了沙漠食物链，给沙漠创造出无限生机。

我被这些多肉植物的魅力所折服，开始变成它的粉丝。不由自主地买了几盆多肉组合，回家放在餐桌上，将美带入每天的生活。

2018年8月

核桃饺子

又到九月了，忽然想起去年在老邓家品尝核桃饺子的鲜美滋味。念念不忘的我们为了吃到能剥皮的新鲜核桃，昨天又来到塔峪老邓家。

核桃还挂在树上的时候，是青色的果子，可能很多城里人不认得。核桃仁一共穿了三层衣：最外面裹着一层厚厚的青衣，也叫“青龙衣”，是一种中药；中间一层是褐色硬壳；最里面一层是带着苦涩味的油衣。只有刚采摘下来的新鲜核桃才容易剥去油衣。剥去油衣的核桃仁像羊脂玉一样通体润白，细嫩绵滑的口感是源自核桃自带的油脂，细细咀嚼后化为一股香甜，每个首次尝到新鲜核桃的人都会爱上它独一无二的滋味。

到了塔峪半山上的老邓家，大门紧锁，心想老邓可能去打核桃了。听到树林传来啪、啪的声音，向后

山寻着声音找去，只见老邓正爬在十几米高的核桃树上，用长竹竿打核桃。竹竿每挥打一下，整棵树都摇摇晃晃，场面看着让人揪心不已。见我们来了，老邓急忙从树上下来，扛起树下已经装好的一蛇皮袋核桃，领我们向家里走，边走边说：“打核桃是一门技术活，人要爬上树，在树上必须得站牢、站稳，要用又细、又长的竹竿才能把核桃打下来。”到了老邓家，看着堆了一地的核桃和老邓一双被核桃青皮汁染得黑黑的粗手，敬佩老邓不仅要付出一年辛勤的汗水，甚至可能还有生命的代价，才换来这么香甜的核桃。

我们剥了一碗新鲜核桃仁，割了一大把韭菜，把它们切碎，加上猪肉馅，佐以葱姜末、熟香油、盐和五香粉调味。大家一起动手擀皮包饺子，用大铁锅煮熟，还未出锅就香气扑鼻。端一大碗热气腾腾的核桃饺子，浇上辣椒油、蒜泥和醋汁，咬一口，有点甜，有点酸，有点辣，个别核桃油衣没剥净还带点苦……一个小小的饺子浓缩了岁月的滋味。朋友，你吃过这样的饺子吗？能吃到新鲜核桃馅的饺子，一生才算真正吃过了饺子，吃饺子的纪录才完整。

2018 年 9 月

与秋天的约会

今年国庆节的太白天气晴美，蓝天直入人心，此时驾车去太洋路寻觅怡人的美景再合适不过了。这条70千米的山路贯穿秦岭腹地，弯急坡陡，升沉起伏。我们从河谷朝山尖蜿蜒向上，沉醉在引人入胜的秋天的画卷中。

从诸葛亮的第一座假墓小贯子开始，经过第二座假墓大贯子，向南途经小华山、金鸭滩高山草甸、红桦林、大岭子云海和鳌山登山口，最后到了黄柏塬大箭沟。由于秦岭腹地植被覆盖率极高，植物种类繁多，沿路可以欣赏到层次鲜明的红色青杠树、枫树，混杂着绿色的松树与鹅黄色的桦树，它们与碧蓝的天空交相辉映，编织出只属于秋天的五光十色。行驶到海拔2400多米，山势更加险峻，这时大岭子云海涌现在面前。大岭子像一道天然屏障将秦岭分为南麓和北麓，

站在观景台即可一览脚下黛青色的山脉，连绵不断，气势磅礴。电视剧《非常大总统》中，孙中山指点万里河山的一幕就是在这里取景。

假日的太洋路上车水马龙，我们随意选了一个不知名的峡谷下车游玩，远离游人。多种落叶植物在这里悄悄换上了姜黄、芥末黄、橘红、铁锈红的秋装，林间小花飞扬，青苔幽幽。一条清亮的小溪缓缓流过，水波粼粼折射出奇妙的倒影，让我们知道是秋天安排了这一场让眼睛和心灵都无比满足的约会。踩着松软的落叶，漫步峡谷，悠悠闲闲，就这样消磨掉一日好时光。

2018 年 10 月

月牙山的黄栌为什么这么红

月牙山位于秦岭七十二峪之一的大洋峪，又名云台山，自汉唐以来一直是人们喜爱的观光游览圣地，唐代张乔的诗句“小径通商岭，登高见杜陵”就出自那里。恰逢九九重阳节，我和朋友在周末开车前往距西安 40 千米的蓝田县，探访秋意正浓的月牙山。

早晨动身时一路阴天，开上环山路后从焦岱绕进月牙山口。刚转过一个弯，天空和山林忽然明艳起来，原来是一片片黄栌树宛如燃烧的火炬映红了半座山。近看卵形的黄栌叶片圆润喜人，像涂满了朱砂般通红剔透。“霜叶红于二月花”的黄栌与深深浅浅的黄绿色树木交织缠绵，如醇厚的威士忌一般热烈、温暖，让人多看一会儿会醉。

黄栌是漆树科黄栌属的植物，原产于中国西南、华北和浙江，是我国重要的观赏红叶树种。到了秋季，

气温开始下降，叶绿素会在低温下不断分解而减少，而红色的花青苷却不断地增长。当昼夜温差大于十度时，合成速度大大增快，一夜之间合成的花青苷是平时的数倍，这时树叶开始变红。沉淀了冬、春、夏整整三季，黄栌毫无保留地释放出最灿艳的红色，为秋天增光添彩。

峡谷中雾气朦胧，风起红涌，此刻的月牙山无疑是秋天的主场。大自然倾其笔墨将月牙山描绘成一幅绚丽的图画，成就了这一年中最浪漫的秋色。

2018 年 10 月

秋叶之静美

今日凉风徐徐，秋阳如碎金般洒落一地。午饭后围着研发园绿化带散步时，片片秋叶在身旁轻轻地旋转，带着一份依依不舍，飘落在草坪和灌木丛中。停下脚步，看着秋叶那种安静、温婉、不动声色的优雅，心想我们人类何不学学秋叶，即使如秋叶凋落，亦要心静如禅，将自己融入土地，静待轮回。我动情地选择一些形状完整、色泽各异的叶片，带回了办公室。先放到水盆里清洗表面的泥土，接着平展在报纸上压平，之后把这些缤纷的秋叶错落有致地摆放在一张白纸和一张芭蕉叶上，就有了这两幅心甘情愿停止的秋的精灵画。

2018 年 10 月

大自然的拓荒者

朋友智林博士是一个药物化学家，更是一个大自然的爱好者，几乎徒步过美国所有的国家公园。这次他来到西安，我特意为他安排了一次山水相连的马进沟之行。

柞水县朱家湾的马进沟，位于一座人迹罕至的深山幽谷。这里寂静神秘，浓荫蔽日，让人感觉自远古以来，它朴实的模样就一直未曾改变。我们沿着如皱褶般的沟壑前行，树叶、溪水、野果和泥土的芬芳一点点混合起来，在秋日阳光的低温烘焙下，萌发出森

林独有的幽香。仔细品味，发现有一种植物集森林的气息于一体，它就是苔藓。伴随着潺潺溪流，在繁茂植物的包围下，处处可见青翠欲滴的苔藓。饱饮溪水的苔藓光鲜亮丽，像一块块翡翠色的毯子裹在岩石上和倒地的树干上。阳光穿进幽深的树林，无声无息地落在了苔藓上。空沟静谧，苔藓沉默，渐渐地能听见自己呼吸的声音，我们似乎也化身成了森林的一部分。

苔藓匍匐生长，给人卑微之感，但却是地球上演化最成功的植物之一。其独特的水变性是它生存的法

宝——环境极端干燥时就进入休眠状态，一旦获得水分，它们会快速恢复生机。它的构造简单，叶面无角质层保护，对环境变化很敏感，是大气污染监测指示剂。它可以吸收来自空气中的水分和营养，有无土壤和阳光对苔藓来说变得不再重要。顺其自然的苔藓凭借其简单精妙的结构，成为大自然的拓荒者和生态系统的维护者。正如清代诗人袁枚所写："白日不到处，青春恰自来，苔花如米小，亦学牡丹开。"

人的一生充满了跌宕起伏，在顺境时要收心，避免滋长骄慢；遇到逆境则要宽心，保持积极豁达。不管处于何种境地，怀抱一颗平常心，生活又怎能不安详快乐呢！

2019年8月

丰彩外盈李香甜

几场秋雨过后，西安的暑热逐渐褪去，凉风阵阵袭来，岁月总是交替的如此匆忙。六月刚品尝过等一年才能吃到的丰园红杏，一转眼，杜总的李子又熟了。

今天来到老杜的李子园，成片的李子树已结满了累累果实，树枝被压得低下了头，有的甚至垂到地上“亲吻”沃土，好似在感谢孕育它们的果园。一颗颗光润饱满的李子吸收了昨夜的雨露，经正午的阳光一晒，从内而外溢出阵阵诱人的香气。那是来自秦岭的原始清香，让人神清气爽。从树上摘下一颗紫李，上面泛着淡淡的白霜，在衣服上快速地擦几下，咬上一口，唇齿间爆出清甜的果汁，让被挑逗的味蕾瞬间得到了满足……

老杜从二十岁出头就开始研究李子，收集国内外

李子品种多达上千种，建立了李子种质资源库，精心培育出数个特色鲜明的独家品种。我们把黄、绿、红、紫的李子尝了个遍，口感有的清脆、有的软糯，后味的香调与品尝葡萄酒一样，层次细腻又丰富。有几个正值培育期的品种，吃完后老杜还让我们把核给他，然后仔细地包好装起来。认识老杜好几年了，他平日里话不多，可只要来到果树跟前，就像换了一个人似的滔滔不绝。他说李子要提高品质，必须用地域相隔遥远、环境差别大的品种杂交，原理和混血儿更加漂亮聪明是一回事。众多李子树中的明星是一株樱桃李，缀满了果实的枝条像一道弯弯的彩虹近在咫尺，令满园生辉。

老杜与这片果园朝夕相处，从日复一日地选种、嫁接、修剪、施肥、管理，到今天硕果累累，坚守了四十多年的匠人精神。这些如宝石般闪耀的心血之作，就是老杜生命中的寄托与希望。

2019 年 9 月

《诗经》中走出的女子

白露刚过，秋凉如水，百花逐渐凋谢，但每日晨练时，总能看见小区院子里盛开的木槿花。她舒展的花瓣上跳动着几缕晨光，如此朝气，如此烂漫，让人感到美好的一天被缓缓打开，每次从树旁走过都心生欢喜。

在群芳之中，我国栽培历史最悠久、文化内涵最丰富的植物之一非“木槿”莫属。因木槿花的美丽，引得无数文人雅士为之挥毫泼墨。“有女同车，颜如舜华”，舜华就是指的木槿花，用来形容那个从《诗经》里走出的姑娘。“两情若是久长时，又岂在朝朝暮暮”的诗句就是用木槿花来暗喻男女之间只要真心相爱，即使天各一方，也经得起长久分离的考验。木槿花别具一格之处是清晨绽放，傍晚凋落。“暮落不悲容颜好，

旭日依旧无穷花”，因而也叫作朝开暮落花或者无穷花。每天清晨，木槿花沐浴着朝露绽放，尽情地展示其娇美的姿态。到了夕阳西下，木槿花朵就蜷缩起来，于日暮时分静静地枯萎。待翌日朝霞满天，又开始一个新的循环。花开花落里有生命的轮回，既是回归，也是出发。

木槿花不但可赏，可食，还可美发和入药。摘下新鲜花朵，清洗一下，裹上芡粉后油炸，吃起来味道赛过鸡肉。用它鲜嫩的叶片烧汤，汤汁黏滑，滋味鲜美。把木槿叶捣烂后加入水，水面会出现白色泡沫，用这种水洗发，头发柔顺光滑，止痒效果很好。木槿花入药具有清热利湿、凉血解毒的疗效。它的繁殖也很简单，只需从枝干上剪下一个枝条，插在湿润的土里就能存活，最大限度地展现出旺盛的生命力。

木槿花在朝开暮落中，不声张、不炫耀，不求引人注目。这种平凡而坚韧的品质是我们这个社会所必需的，它就像广大的劳动者，默默生长着，默默奉献着，依靠他们任何愿望都会实现。

2019 年 9 月

自然演化的美丽奇迹

三十多年前上中医学校时就知道“石蒜”这个植物，因为它的鳞茎形如大蒜而得名。后来又知道了石蒜还有一个孤独而缥缈的名字——“彼岸花”。它花开时，不见叶，长叶时，又不见花，一生花叶永不相见，就像遥遥相望的彼岸。唐人段成式在《酉阳杂俎》中说：“花叶不相见，俗恶人家种之，一名无义草。”意为花与叶恩断义绝。由于石蒜鳞茎部分暴露在地面，显得光秃秃，夏秋之交，自球茎处忽然抽出开花的茎杆，所以又叫它“忽地笑”。传说中，彼岸花是冥界唯一的花，开在黄泉路旁，亦被称为接引花，花香有魔力，能唤起死者生前的记忆。

彼岸花一生被赋予了传奇色彩，我只闻其名，却一直未见其真容，心里很是遗憾。近日和朋友一起去

西安植物园，不经意间，目光触及林间小路的斜坡下面，一丛丛热烈的红花正迎着秋风怒放，好似一片流动的血液。走到跟前，用心凝视，隐隐有种似曾相识的感觉。没错，这不就是传说中的彼岸花吗！火红如炬，伞形花序，雄蕊及花柱突出，花瓣向后反卷，形成灯笼状，从花瓣中心迸射出长长的花蕊，跟龙爪一样。既有残阳如血般的妖艳，也有金子般的纯美，漂亮的彼岸花，又会有谁知道你内心深处的忧伤？你承受了太多不公平的指责，缺少一份真心的赞美。

彼岸花生命力顽强，吐芳不择地，不仅用它的美点亮一片石滩荒地，而且还是一种不可多得的药用植物资源。其鳞茎中含有治疗重症肌无力、脊髓灰质炎的加兰他敏生物碱，从古到今一直改善着人类的健康。彼岸花，你是自然演化的美丽奇迹，我们应该用一种宽宏、谦虚的态度来对待你，把你看作一份神圣的恩赐，因为每一朵花都有一个值得倾听的故事。

2019 年 9 月

野果里的童年

太白的秋天格外单纯，湛蓝的天，从容的云，褪去了暑热的阳光，丝丝缕缕的轻风……我们沿太洋路驱车一直往秦岭深处走去，连绵的群山美得让人心醉，清溪碧流错落其间，这里既有陶渊明笔下的《桃花源记》，还有柳宗元笔下的《小石潭记》。

金樱子

山里的人像小鸟一样沐日听风，赏花拾果，想飞就张开翅膀，想唱就舒展歌喉，随心随性，无复多虑。等一轮花开，待一番秋实，此时正值野果成熟的时节，琳琅满目，任我们挑选。一串串晶莹如红玛瑙珠子的五味子，让人尝尽五味，走得天下。自然成熟的板栗掉落在山坡上，它的壳斗上长满锐刺，果仁饱满清脆，吃一粒满口香甜。挂满枝头的紫红色八月瓜外形独特，味比蜜甜，儿时不知道吃了多少八月瓜的我，已把它的滋味深深印刻在心底。它外形似香蕉，短小而弯曲，

五味子

八月瓜

果皮肥厚，自然炸开后果瓤呈白色，果肉籽多有条状纹理，微香而甘甜。摘八月瓜不能过早摘，也不能摘迟了，要等果皮炸开后味道才最美，山里孩子都知道“八月瓜九月炸，九月不炸烂冬瓜”。核桃熟了，一嘟噜、一嘟噜压得树枝弯下了腰，落下来砸在地上，青皮碎裂四溅。火红的金樱子密密麻麻缀在枝头，外形像个糖罐子，味道酸酸甜甜。小时候没有零食，能吃饱饭就很幸福了，每到秋天就上山摘些野果解馋，那种乐趣是现在城里孩子琳琅满目的零食所不能替代的。金樱子是一种浑身带刺的植物，茎干带刺，果实也带刺，然而它的花却生得柔弱，有一种楚楚可人的韵味。杨万里在《秋晓出郊》诗中生动地描述了金樱子的颜色：“初日新寒政晓霞，残山剩水稍人家。霜红半脸金樱子，雪白一川荞麦花。”

幼时的我们生活在山里乐趣多多，听林涛私语，与百花相亲，和野兔在森林中奔跑，不想山外事情。20多岁后离开家乡去城里工作，远去了我的童年，但很多童年往事，宛如就发生在昨天。

2019年9月

大漠英雄历沧桑

十月一日看完令人热血沸腾的国庆七十周年阅兵仪式直播，我们就赶往内蒙古西北角的千里瀚海，与无数从全国各地慕名而去的游客一起，奔赴额济纳的胡杨林秋色。

位于巴丹吉林沙漠腹地的额济纳绿洲，是世界上仅存的三大原始胡杨林之一。胡杨在蒙语中叫“陶来”，是一种生命力旺盛得惊人的沙漠植物，素有“生而不死一千年，死而不倒一千年，倒而不朽一千年”之美誉。我们从额济纳河畔的二道桥胡杨林观光区，一直走到与沙漠接壤的八道桥“怪树林”，被独具魅力的造化之美所征服。如黄金铸成的树叶在风中婆娑起舞，一行骆驼悠悠走过，怪树林中一棵枯死的胡杨，放眼

额济纳居延海

望去像一只史前恐龙，孤傲而坚定地望着大漠，仿佛在等待着什么……

胡杨粗壮遒劲的身躯几乎没有笔直挺拔的，它们盘虬卧龙，嶙峋突兀，有的弓着背像个老人。这是因为气候干涸、水分不足以维持整棵大树的供养时，胡杨就会放弃身体的一部分以保证生命的延续。遇到干旱，它们会放弃正在健康生长的主干，于是整株树的上半部分会全部枯死，而下半部分小树枝则会被当成新的主干继续生长。如果它们再次遭遇干旱，则会再次放弃主干，重新选择新的树枝生长。在无数次的放弃和选择中，胡杨变成了沙漠中最奇特的风景。我抚摸着胡杨粗糙的树皮，被它的生存智慧所感动，懂得放弃，才得以生生不息。

胡杨树叶奇特，下面的叶子细长，像柳叶；中间的叶子扁而圆，如榆叶；上面的叶子大而圆，像枫叶。一树三叶是胡杨的另一种生存智慧。胡杨细小的条形叶，不但可以使水分消耗达到最低，而且叶片也可以减少风沙打击的面积。生于中间和树顶的叶片大一些，它们接收到更多的光照，尽可能多地进行光合作用，制造胡杨生长所需要的能量。胡杨能生长在高度盐渍化的土壤中，是因为它的细胞透水性较一般植物强，从主根、侧根、树皮、叶片都能吸收很多的盐分，并能通过茎叶的气孔排泄盐分。当盐分积累过多时，它能从树干的节疤和裂

口处将多余的盐分自动排泄出去，形成白色或淡黄色的块状结晶，称“胡杨泪”或“胡杨碱”，当地居民用来发面蒸馒头及制作肥皂。胡杨地表上的树干只长了一两米高，深扎地下的主根却有 20 来米长，它低调、内敛，以倒生长方式为正生长积蓄力量。

胡杨是适者生存的英雄，既能在 40 度的烈日中葱郁，也能在零下 40 度的严寒中挺拔，不怕侵入骨髓的盐碱，不怕铺天盖地的风沙。每一棵胡杨都有一段传奇的故事，它最能代表中国人的顽强性格，那就是一息尚存，决不放弃。额济纳有一棵高 27 米、需 6 个人才能合抱的胡杨树，当地人称为神树。据说 300 年前从伏尔加河边东归的土尔扈特蒙古人初来此地时，枝繁叶茂的胡杨林使驼马无法入内觅食。于是他们便放火焚林，其中一棵大树毫发无损，人们便奉其为神树。这棵树的树龄已达 880 年，它目睹了成吉思汗铁木真建立蒙古国，见证了中国历史发展进程中数不清的重大时刻，相信它还可以在下一个 800 年中，继续与人类携手同行。

2019 年 10 月

胡杨

众芳飘尽野独秀

若用一种味道形容深秋的大洋峪，那便是野菊花的清香味。今天早上我们来到蓝田县焦岱镇的大洋峪，先被一阵淡淡的花香撩动了嗅觉，紧接着一丛丛金灿灿的小花跃然于目。噢，野菊花开了。山脊上、草丛中、悬崖边、石缝里，到处都有它们的身影。在秋天浓郁厚重的景致中，金黄色的野菊花分外醒目，红叶也成了它的配角。

以色列植物学专家丹尼尔·查莫维茨在《植物知道生命的答案》一书中讲到，植物与人类身心的通感具有极高的相似性。当我注视一朵野菊花，感觉它在向我微笑。层层花瓣聚合而成的头状花朵，就像一张张笑脸，洋溢着真诚和热情，看不出忧愁的痕迹。忍不住采摘一枝闻了闻，身体倏然被注入一股清澈的力

量，大脑感觉澄净了很多。

野菊花以“黄色为正”，单瓣，花径很小。因为有明显的节令特征而受到关注，“野菊开花，可以种麦了”，农民以它的花期作为冬麦播种期。它和人类的缘分长达三千年，从战国时期就被作为药食两用植物，可以清心明目，备受老百姓的青睐。野菊花从上古翩翩走来，经过长期杂交和人工定向选择而产生的杂交混合体，就是现在以观赏为标准的栽培菊花了，色彩形态各异的观赏菊花的身体里流淌着这些野菊花的基因。

草原的梦

蓝盆花

球友虎子常给我拿一些野生蘑菇和各种野菜，是他从千里之外的家乡沽源草原带过来的。他说从小就在草原上骑马，穿林过湖采蘑菇，让我对策马逐云、长河落日的草原心生向往。

上周去北京出差，恰逢周末，就约上好友随心随意体验了一场并非刻意安排的草原行。我们沿京藏线一路向北开车4个多小时来到了内蒙古南缘，河北的沽源县。虎子人在西安，特意联系了他的同学王校长，在蒙古包里用草原特色的丰盛美食款待我们。烤羊肉外焦里嫩、爽口不腻，胜过北京烤鸭，堪称一绝。

第二天我们先来到县城东边的闪电河国家湿地公园，它是滦河上游最大的湖泊。站在高处俯视，塞外

闪电河

风光大饱眼福。盘曲蜿蜒的河流像绣在碧绿锦缎上的卷云纹，柔美又耀眼。置身于天高云淡、繁花遍野的茫茫草原中，想起一首蒙古歌曲中吟唱到的：“那里有风，有古老的草原，骄傲的母亲目光深远，温柔的塔娜话语缠绵……”在秀美与豪放兼容的草原，音乐是从心里流淌出来的，不论是关乎爱情、悲伤还是虔诚。

依依不舍离开闪电河，我们从张北县的野狐岭驶向草原天路。天路绵延 132 千米，犹如一条蛟龙，盘踞于群山峻岭之巅，白云时而与之呼应。穿行在广袤的草原上，与沿路充满野性的风光相伴，身心感受到前所未有的舒畅。高高耸立的风车沿着天路蔓延开来，像巨大的白色花朵在蓝天下旋转。随着海拔缓慢升高，星星点点的野花出现在视线中。这里蓝色、紫色的花居多，有翠雀花、达乌里秦艽、毛建草、黄芩、蓝盆花、细叶沙参等，它们艳而不俗，美而不娇，尽情地开放

沙参

乌达里

长柱沙参

着，将整个草原打扮得像一块块斑斓的大花毯。一路美得仿佛置身梦境，在梦中有呼喊的欲望、歌唱的欲望，还有无数的花儿不断向我涌来。天路上的美景，只是沽源初秋的一小部分，但却占据了我整个的心，停留时间虽然短暂，却圆了我心中草原的梦。

2020 年 8 月

初见神草

从白居易“赠君一法决狐疑，不用钻龟与祝蓍”的诗句中，知道蓍草是古人用来占卜吉凶的工具，但似乎蓍草只存在于《周易》或者古老的传说之中，现实生活中很难见到。

八月初在太白衙岭遇见一种开着小白花的草本植物，但它的茎叶都非常特别，不像我常见的植物，于是用手机上的“形色”软件识别，竟然发现它就是只闻其名未见其身的神草——蓍草。我对蓍草一见倾心，被它清新亮丽的复伞房状花序和精巧的羽状叶所吸引。蓍草远看像打着一把把碎花图案的小洋伞，近看每朵小花有五片白色天使羽毛般轻盈的花瓣，托起迷你花球般的花芯，让人联想到婚礼中新娘手捧花束的美好画面。羽状叶子无柄，细密如鱼骨，大概最好的剪纸艺术家也要花很多功夫才能剪得出这一片片精美的羽叶。蓍草的茎细长笔直，十分坚韧有筋骨。

古人认为蓍草是一种极其长寿的草，《博物志》中说：“蓍千岁而三百茎，其本已老，故知吉凶。”传说蓍草通神，非圣人之地而不生，只有伏羲老家淮阳、孔子老家曲阜、叔虞老家晋祠这三个地方能觅得。上古时代人们占卜主要用龟壳，依据烧裂之后的痕迹判断凶吉。随着《周易》出现，蓍草占卜由于更加“神圣通灵”，淘汰了烧龟壳这种原始而混沌的占卜方法。之后蓍草因孔子认为其乃神妙之物，推演易道，必不

可少，大力推崇，在春秋时期登上了神坛，成为古代人神沟通的桥梁。古人用蓍草占卜，每次要用到五十根蓍草茎，方法十分繁复，最后得出六爻。蓍草的茎笔直而坚硬，被文人赋予耿直的品性，无论吉凶祸福，它都会从实昭示，绝不谄媚，有圆而神的智慧。

关于蓍草有很多记载和故事。李时珍在《本草纲目》也提到过它："蓍乃蒿属，神草也，明目聪慧先知。"苏格兰人不仅用它做护身符，还用来测试少女的恋人是否真心爱她——用蓍草的叶放进少女的鼻孔里来回蹭，如果流血了，答案就是肯定的。蓍草花叶中含芳香油，可制香料，其精油呈现一种美丽妖娆的天蓝色，因此被赋予"最美外伤药草"之称，广泛地用来止血和止痛。

秋阳下的蓍草笃定自若，就像守护着原始的秘密，让我浮想联翩。晨风徐徐，蓍草的羽状叶片轻轻扇动的姿态，仿佛沿着历史长河，隔着重重迷雾，给我讲述着它眼中的过往。

2020 年 8 月

一切仿佛还在昨天

1990年8月，为了看到更广阔的世界，为了拥有选择人生的自由，29岁的我离开秦岭山区去深圳一个制药公司打工，从工厂的设计、建设、产品研发到注册报批全程参与。当时只有一个想法，要体现自己的价值，就要给公司创造价值，一天到晚忙得像个陀螺一样。四年后从深圳回到陕南一个制药厂工作，陕南人的热情好客让我爱上了那里的山山水水，还学会了喝酒。到2000年，成立了自己的公司新通药物。刚开始公司只有6个人，要钱没钱，要仪器没仪器，只有几个除了梦想一无所有的人。就这样一步步艰难前行，艰苦创业，在自己认定的路上走下去，一走就是20年。自从踏进药物研发这条路，就步入了人生竞技场，并且没有退路，必须奋力拼搏直到生命最后一刻。研究几个中国患者临床上没有的药是我的初心，

好友 2018 年赠送的生日漫画礼物

为了这个初心，在人生的马拉松中不断奔跑，时而看到一个又一个人超过自己，看到自己孑然一身，充满孤独与绝望，甚至差点在比赛中跌倒……然而，我依然无怨无悔地奔跑着。往事历历在目，一眨眼已经虚60岁了。

古人云六十耳顺。胡适说：耳顺是能容忍“逆耳”之言，听“逆言”不觉得“逆耳”，也就是说60岁的人豁达从容，既看透了人生，也看懂了自己。我虽然现在还达不到看透的境界，但我向往的一种状态叫作宁静和清欢，喜欢在宁静清澈的大自然中流连。人唯有静下来的时候，才能发现生命中最美的清欢。三十多年药研如逆旅，一路匆匆忙忙，风雨兼程，平时急躁、愤愤不平的时候多，而安宁、沉着冷静的时候少。没有从山里走出来的时候，总认为饕餮盛宴最诱人，现在知道了山里的野菜才最难以忘却，人间有味是清欢，平平淡淡才是真。

60岁的我遇见过不少人，而尘世间最美的缘，也莫过于在最恰当的时间遇见那个最懂你的人。有人带给我快乐，有人带给我伤感，有人能陪我一程，有人能教我成长，都值得加倍感恩和珍惜。

这些年在事业上虽然有点进步，但都是在受挫后逐步成长起来的，不敢自诩为有本事，更不敢沾沾自喜。东隅已逝，桑榆非晚，《新英格兰医学杂志》介绍，

60岁的人更有生产力。诺贝尔奖获得者平均年龄62岁，《财富》500强首席执行官平均年龄63岁，美国100个大教堂的牧师平均年龄71岁，NEJM发表的一项研究证明60岁时人的潜力达到顶峰。因此，来到60岁，不是人生的晚秋，而是来到了我们生命中厚积薄发的灿烂时光。

塞缪尔·厄尔曼写于七十多年前的短文《年轻》中有这样一段话："年轻，意味着甘愿放弃温馨浪漫的爱情去闯荡生活，意味着超越羞涩、怯懦和欲望的胆识与气质。而60岁的男人可能比20岁的小伙子更多地拥有这种胆识与气质。没有人仅仅因为时光的流逝而变得衰老，只是随着理想的毁灭，人类才出现了老人。"我心里明白初心尚未实现，还需继续奔跑，需要像尖毛草一样扎根下去，坚守目标，永不放弃。只要把善和美种在心里，心灵就不会荒芜。唯有在力所能及的范围之内，活在当下，才能收获尘世的幸福，不辜负生命中的每一天。

2020年8月

狗娃花

金印紫绶狗娃花

“空山新雨后，天气晚来秋”，今年的中秋节下了一整天的雨。暑尽凉生，日照变短，家乡太白靖口黄牛河边，到了菊科植物开花的旺季。“暗暗淡淡紫，融融冶冶黄”，其中色彩对比最强烈的就属紫色的狗娃花和黄色的野菊花了。我开着车，沿着临河的山路缓缓行驶，草丛深处、荒坡上星罗棋布的都是它们的身影。尤其是狗娃花像一盏盏紫色的伞形小灯，悄无声息地点亮了整个黄牛河畔。这种花虽然娇小，但其连缀成篇、清丽从容的姿态，让人无法忽视它的存在。

山野中狗娃花不紧不慢地盛开着，享受着秋天赐予展露美丽的最后机会，浑身散发着淡淡的清香。狗娃花身姿纤细，不到一米高，生长着蓬勃的披针形绿叶，举着紫色复伞房形头状花序，每朵花都有 30 多片细长的紫色舌状花瓣簇拥在金黄色凸起的花蕊周

围，犹如紫色绶带系着黄金的印章，透着和它的名字截然相反的皇家气质。对生活在山里的人来说，只要看到狗娃花开了，看到那金色的花蕊和紫色丝带般的花瓣舒展开了，就意味着秋天来了，所以狗娃花代表着秋天。狗娃花对水分阳光没有特殊要求，种子随风散播，随处生根，而且生长得很旺盛，因为它好养活，人们就给它取了个十分接地气的名字——狗娃花。狗娃花的地上部分奉献给人们的是养眼的风景，而它的地下部分奉献的则是清热降火、消肿止血、治疗疮痈肿毒和毒蛇咬伤的良药。

贵以贱为本，高以下为基。狗娃花有一种明亮而不刺眼的光芒，不贵自贵，不荣自荣。有时不需要走太远，从一朵花就能够了解世界。狗娃花让我相信，世界上有许多的美好在看不见的地方默默地发生。我也想和它一样，坦然接受自己的平凡，在自己平凡的世界里，踏实而现实地履行每日的平凡之事，即使在晚秋依然淡淡地开着，淡淡地满足，淡淡地欢喜。

2020 年 10 月

在贫瘠中温暖绽放

家乡太白的初秋，远山如黛，近柳如烟，一花一叶，一草一木，都透着一种别样的美。这个时节无论行走在哪座山间，只要稍加留意，就会看到一簇簇粉粉白白的云锦般的花朵，安静地盛开在它们喜欢的山坡上、小河边和疏林中。这就是秋天山野中最为常见的野棉花。它们总是在百花逐渐凋谢的秋季出场，为我们注入温暖人心的力量，以抵御即将到来的寒意。“闲看秋色到山家，几曲清溪绿树遮。惊起一双黄蛱蝶，见人飞入野棉花。”蝴蝶与野棉花相映成趣，是初秋时节山野中不可或缺的物候风景。

大自然总是把最美的一面展现给有心人。当你走近一株野棉花，就会发现恰如它的别名“秋牡丹”一

样漂亮，叶绿、蕾红、秆直，花朵永远向阳而生，花容显得素雅大方。五瓣柔嫩花瓣的背面，泛起丝丝潮红，似莲非莲，楚楚动人。一圈众多金黄的雄蕊，围绕圆锥形雌蕊，散发出木质感的香味，简单纯净。低垂的酒红色花蕾与仰面朝天的盛开花朵，在初秋的蓝天下随风摇曳，一种安然娴静的自然美被它展现得淋漓尽致。花期过后，一团轻柔洁白的棉花出现在枝头，像天空飘落在地上的云朵。待秋风一吹，绒毛飘散开来，如片片绒花自由自在享受着秋风的抚摸。

野棉花是毛茛科银莲花属植物，与锦葵科棉属植物的棉花不同，其纤维短，不可纺线。但野棉花拥有着和棉花一样质朴的爱，靠近它的身边，就能感受到温暖的味道。在生活困难时期，野棉花温暖了很多家庭。把蓬松的野棉花摘回来，用竹棍抽打，使其花籽脱落，然后用来填补棉袄、棉鞋里塌陷的旧棉花。那时候由于天天吃粗粮，大人为了变个花样，在玉米面

里加入野棉花，让其变得有筋丝。擀成厚厚的面条，吃的时候只能吞咽，不敢咀嚼，否则就会吃出满口的野棉花纤维。见到野棉花总会感到特别的亲切，它代表着物质匮乏却不失快乐的童年。

野棉花生命力极其顽强，不惧风霜雨雪，有点雨露就成长，给些阳光就开花，只要人们需要，就义无反顾地献出自己的一切。野棉花的根具有清湿热、解毒杀虫和理气散瘀作用。民间用来治疗腹泻、痢疾、蛔虫、小儿疳积、脚气肿痛等疾病。

我站在小河边，静静地凝视一簇野棉花，静静地品味，发现野棉花总是在最贫瘠的地方温暖绽放。它开花不是为了炫耀自己，它是在自由地表达既喜纳阳光、也无惧风雨，它只是无意中把我们的眼睛照亮了。

2021 年 8 月

生命的精彩——三尖杉

周末回太白老家，一进院子，就被一颗枝叶茂密、果实累累、翠色欲滴的三尖杉抓住了眼睛。我迫不及待地来到三尖杉跟前，轻轻地抚摸它布满红褐色筋骨的躯干，纹理致密，结实雄健，像铁骨铮铮的硬汉，透露着一股阳刚之气。摘下一颗紫红色果实，轻轻咬破假种皮，一股清甜的黏滑汁液流入口中，这是三尖杉在秋天里酿出的味道。

三尖杉因其树形似杉，其老枝顶端长新枝的时候，会同时冒出三个芽，大小类似，生长速度相同，逐渐发育成三杈分枝的新树枝，故称之为“三尖杉”。它的叶子呈条状，在枝条上水平向两侧生长，有尖，叶片背面有两条银色的气孔带。三尖杉的叶片是革质的，不过和典型的革质叶片相比，它的叶片更加柔软而有弹性。因为三尖杉的叶子和红豆杉颇为类似，曾经被当作红豆杉的一个属，一旦开花结果，二者的差异就瞬间暴露了。三尖杉的果实是完全封闭的，球果中间是卵形的种子，外面被肉质的假种皮完全包裹着，刚结果的时候是绿色的，随着果实的成熟，逐渐转化成红紫色。而红豆杉的果实是艳红色、呈开放的假杯状浆果。

三尖杉是我国特产的重要药原植物，和红豆杉一样，都是古老的孑遗物种，经历了漫长的地质年代，如今广泛分布在我国秦岭山区。20 世纪 70 年代，国

家在开展野生植物抗癌药物提取筛选研究中，发现三尖杉科植物海南粗榧中的三尖杉酯碱和高三尖杉酯碱，对白血病及急性淋巴癌有特殊疗效。这项研究成果于 1985 年获得了国家科学技术进步奖一等奖。18 年前我们公司从三尖杉的枝叶中提取高三尖杉酯碱，制成冻干粉针剂，为了纪念产品批准上市，从山里挖了一株小树苗种在院子里，如今已长成苍郁繁茂、果实靓丽的景观树。

三尖杉常散生于秦岭海拔 800 ~ 1500 米的沟谷或溪涧密林中，因其大名鼎鼎的药用价值而被过度采挖，资源数量急剧减少，属于国家二级保护渐危种。就是在这样艰难的生长环境下，三尖杉给予我们甜美果实，赐予我们药物，与我们互动。万物一体，一棵三尖杉就是一个完美的生态，向我们显现着四季轮回的优美节奏，我们也通过它感知到生命的精彩与无私奉献。

2021 年 8 月

我的名字叫水金凤

朱家湾的马进沟是条长长的峡谷，一水中流，二山夹峙，神闲气静。每个季节我总喜欢来一次马进沟，每次都能看到不同的风景和喜欢的植物。9月了，马进沟里秋色渐显，茂密清幽的森林中淡黄和翠绿浸染着沁人心脾的空气，潺潺的溪水从石头上盈盈而过，滋养着流经的万物。徒步在峡谷中，听鸟儿的歌唱，闻野果的香味，凝视头顶蔚蓝澄净的天空……望中风景画中诗，三秦无处不桃源。

在一处阴凉潮湿的溪水旁，一片水金凤含羞带怯、悄无声息地开放，像一只只金色的蝴蝶停息在枝头，婆娑多姿，不以香气诱人，而以形态取胜。“鲜鲜金凤花，得时亦自媚，物生无贵贱，罕见乃为贵。”诗中的金凤花就是水金凤。它花色金黄，花形奇巧，头、

翅、足、尾皆全，宛如活灵活现的飞凤，故名水金凤。叶薄而软，叶柄纤细，如凤凰的羽毛，实乃造物主精心设计的佳作。水金凤生长在依山傍水之地，花色鲜艳而不俗，以其顽强的生命力和独特的风姿让人喜爱，所以过去很多百姓给自家的女儿起名叫“金凤”。一首颂扬劳动者的歌《我的名字叫金凤》，唱出了无数女工的心声。

水金凤是凤仙花科凤仙花属一年生草本植物，她的花为蝶形花冠，具有独特的帽兜、旗瓣与翼瓣。旗瓣逐渐收缩成一个倾斜的牛角状，如深深的漏斗，用来盛装花蜜。旗瓣突出形成一个唇，方便昆虫的着陆，内侧紧挨着雄蕊和雌蕊，昆虫入花采蜜时能接触传粉。两个翼瓣呈对称形紧紧排列于前方，便于昆虫入花采蜜，而且翼瓣色泽鲜艳，容易吸引昆虫注意。

水金凤是集智慧与美貌于一身的女子植物。为避免自花授粉，它选择了雌雄蕊异熟的机制来完成生命的延续。雄蕊先于雌蕊成熟，待雄蕊的花粉被“传粉

使者”带走后，这时雌蕊刚刚成熟，静静等候其他传粉使者的光临，避免了自花传粉，进而完成繁衍后代的使命。水金凤的条状蒴果成熟之后轻轻触碰，果皮就会啪的一声炸裂、卷曲，将种子弹出 2～3 米，因此水金凤又被称为“别碰我”。水金凤花可供观赏，根茎叶供药用，具有理气和血、舒筋活络之功效。

今日秋风划过树林，草木猎猎作响，在这样一个不为人顾盼，阳光也不太容易照射到的地方，水金凤依旧努力展示着她的色彩和智慧，淡然接受生命中的考验。愿像水金凤一般，于风雨中练就一身坚韧，活出真实的自我。

2021 年 9 月

石头城秋韵

今天是祖国母亲七十二岁生日，阳光恬静，微风和煦。我和好友前往位于太白县路平沟的石头城，找寻秋天的足迹。从桃川镇的路平沟进山，行走不到3千米远，就可以看到一个已经残缺不全，由石头和黏土垒叠成的四方形城堡，人称“石头城”。据说该城堡是清朝开国年间由一户姓何的有钱人家修建的，它经历了300余年的时光冲洗与磨砺，已遭受严重破坏，就连城门前的石狮也被挪走，如今只能从这些断壁残垣中给人留下一些遐想。

我们沿着峡谷中一条羊肠小径寻幽探奇，溯流而上。在石头铺成的高低不平的小路上蹒跚前行，每一步都特别费力。随着慢慢深入，道路两旁的溪水越来越大，四周全是拔地而起的巨石和参天的树木。谷内的山林已换上绿中透黄，黄中夹红的曼妙景色。有的

渲染一大片，有的浓墨重彩于斗方之间，色调过渡得如此精妙，让人目不暇接。漆树叶、野葡萄叶红如朝霞，白桦叶、楸树叶黄如锦缎，马尾松针绿如翡翠，倒映在澄透的溪水里，给视觉带来强烈的冲击。数条溪流穿过茂密的树林，绕过铺满青苔的石头，倾珠散玉，欢快地陪伴我们前行。走过铺满落叶的小径，眼前的一切像理查德·克莱德曼演奏的《秋日私语》般美妙动人。不知不觉就到了瀑布附近，还没到跟前，冰凉的雨雾迎面扑来润湿了双眼。抬头举目上眺，凌空而下的瀑布宛如一条晶莹的玉带，飞花碎玉，气势恢宏，于谷底形成碧绿的深潭。

徜徉于山水之间，仿若置身世外，让人沉醉其中，不愿离开。此时此刻体会到最珍贵的东西莫过于心灵的澄净。当众人都在为外界眼花缭乱、心智不坚时，能够一心一意专注于自己的心灵才最是难得。只有珍惜生命中最基本的东西，方向才能清晰，才能轻装简行，走得更远。

2021 年 10 月

秦岭中的箭毒木

深秋的太白，红叶成了山中主角，野花寥若晨星，但在密林深处，一抹不属于这个季节的蓝紫色点亮了我的眼睛。纤细的紫红色缠绕茎上一朵朵火焰般欢腾的花朵仿佛来自天国，蓝盔盛装，鲜衣怒马，纯粹曼妙，让我忍不住拨开荆棘，走近它身旁驻足观赏。它就是秦岭中的箭毒木——“火焰子”。

“火焰子”是毛茛科植物秦岭乌头的块根。秦岭乌头是太白山特有品种，是陕西省重点保护植物。其花型别致，花朵最大的三片“花瓣”其实是它的花萼，上萼片高高隆起，形成头盔的顶部，两侧的萼片如头盔中保护面颊的两片盔甲，整个看上去就如同一个战士的头盔，而真正的花瓣已经演化为雄蕊形状的蜜腺。细密的花蕊像一朵小菊花藏在这个“头盔”的内部。

“头盔”的最深处是储存花蜜的地方，普通蜜蜂想要得到花蜜实在是太难了。而生活在高山地区、吻部具有长虹吸管的熊蜂却游刃有余，因此“火焰子”与熊蜂就成了共生的睦邻友好关系。

深秋里颜值出众的“火焰子”格外耀眼，除了蓝紫色，还有变种的白色和粉紫色的花朵，但它地下乌鸦头似的根却有着令人毛骨悚然的剧毒。过去山里猎人把新鲜的“火焰子”捣烂后保留汁液，晒干后将其涂在弓箭上，用来射杀狗熊或者野猪，也有将其细粉填入鸡的肚子里，毒杀豹子、狼等动物。小时偶尔会听到谁家的媳妇吃了“火焰子”自杀的悲剧。草木解人语，人亦知草木。“火焰子”是集美丽、剧毒、奇效于一身的植物，若运用得当，可以服务于人类的健

康，如用之不慎，则为虎狼之品。1983 年我肩膀痛，胳膊抬不起，口服了 0.2 克“火焰子”生药粉后，头皮发麻，心慌，身体发热，肩膀也随之不痛了。严冬进补时，太白山区很多地方有食用“火焰子”的习惯，因为它是纯阳之品，性大热，为散寒止痛、祛湿暖身之良药。冷水中加入“火焰子”、羊肉、冰糖和大枣，文火炖十几个小时，直至煮透心，口尝舌头没有发麻的感觉就可以食用。食后身体发热，如有一团火焰，过冬可以御寒。

眼前这些一边开花，一边结果的“火焰子”，告诉我们天地生万物，万物各有性。在高山严寒中盛装绽放的“火焰子”美丽与危险并存，它的美让人敬畏。大自然的一草一木、一人一物，都有其天然的使命，皆是平等而自由的。这个深秋就从认识“火焰子”开始，敞开胸怀，做一个懂得欣赏、接纳和包容的人。

2021 年 10 月

晚秋的太洋路

秋天把它的爱分给了秦岭
故乡的太白山
不再沉静内敛
而是用瑰丽的色彩
照亮了整个天空
比天空更高远

山峦龙翔凤跃
潭瀑相映生辉

秋色铺天盖地
狂野放肆
晚秋的太洋路
比海洋更深沉

彩色音符跳动表演
明黄的张扬
暗红的凝重
翠绿的灵动
重叠交缠
比思念更浓郁

每一处山林都似一幅油画
带着太白人的厚重和温暖
每一片秋叶
比任何时候都清醒
令人窒息的歌吟
比回忆更动人

鳌山口的红艳万般柔情
牛尾河将斑斓的落叶揽入怀中
一场秋日之旅
一路绮丽一路歌声
瞬间忘记疫情烦忧
比自由更自由

太洋路上金风送爽
移步换景
虔诚接受秋的洗礼
心之低语慢慢聆听
你若想起我
请一定要在秋天

2021年11月

餐风饮露碧蝉花

石峡沟位于长安区沣峪内 8 千米处的东面山谷，是一处消磨炎热时光的清幽之地。峪内流水、密林、青竹、小径交织在一起，在小河边的山坡上还有最为应景的碧蝉花。碧蝉花精巧玲珑，如蝉似蝶，碧色可爱。微风吹来，花朵腾空而起，翩翩起舞在绿色的舞台，一眼望去，满心清凉。

宋代杨巽斋在《咏碧蝉花》中写道："扬葩簌簌傍疏篱，翅薄舒青势欲飞。几误佳人将扇扑，始知错认枉心机。"两片碧蓝上扬的花瓣仿若轻盈的蝉翼，仿佛稍有动静它们便会振翅欲飞，因此当篱笆旁的碧蝉花开放时，引得美人以扇扑之，却发现并不是蝶蝉，而是小野花，美人莞尔一笑，原来错认了。如此仙气袅袅的野花，却有个朴实的名字——鸭跖草。

鸭跖草的叶和茎很像细小的竹子，又得名"竹叶菜"。它的花朵虽小，但那梦幻般的蓝，一下子就从草丛中跳了出来，抓住了我的眼球。蹲下身子，凑了上去，仔细观察，十分鲜亮的两片蓝色花瓣如翩翩欲飞的蝴蝶翅膀，长长的花丝有如蝴蝶的触须和细脚，整个花朵看上去就像一只栩栩如生的蝴蝶停立在绿叶间，因此鸭跖草又叫"翠蝴蝶"。

鸭跖草不分泌花蜜，它就用金粉般的黄色花蕊来招蜂引蝶。为了吸引昆虫和高效利用繁殖花粉，它的六枚雄蕊进化成三种类型：两枚长的棕褐色雄蕊、

三枚短的黄色雄蕊及一枚中等长的黄色雄蕊。三枚短的黄色雄蕊十分醒目，它们没有活性花粉，不能繁殖，利用昆虫对黄色的高敏感度来吸引昆虫。另外两枚长的棕褐色雄蕊才产生活性花粉，参与繁衍。当异花授粉不能实现的时候，中等长的黄色雄蕊会收缩成“O”型，与自己的雌蕊进行自交，相当于一个“备胎”。鸭跖草这个大自然的精灵，六根雄蕊密切合作，完成了香火的传递，展示了其生存智慧。

只有上帝的调色盘才能将鸭跖草花瓣的碧蓝和花药的明黄完美搭配在一起。每一种颜色会让另外一种颜色闪闪发亮，它们像一对灵魂伴侣，阴阳互补，相互成就，让对方变得更加耀眼。

轻轻地摘取一朵小花，手指立即被花汁液染成明艳夺目的蓝色，由此鸭跖草还有一个别名叫作“蓝胭脂草”。鸭跖草的蓝，清澈纯粹，是极好的天然蓝色染料。《本草纲目》载：“巧匠采其花，取汁作画色及彩羊皮灯，青碧如黛也。”为了保存颜料，匠人们用丝绵来吸取花汁，制成蓝色胭脂，绘制羊皮灯上的

青碧图案。在日本，鸭跖草名为露草，染出来的颜色叫“露草色”，在古代日本和服的蓝色也是用鸭跖草的小花染成的。

鸭跖草的花朵仿佛碧空凝结的朝露，但朝露易逝，它只在晨曦里绽放，如露水般楚楚动人。午饭后我再次去小河边想多拍几张照片时，那些灵动脱俗的“蓝蝴蝶”已经不见了，只留下一个佛焰苞片，打开苞片，里面只有枯萎的花朵。苞片呈心形，两边对折成了半个心型，顶端尖曲如鸟喙。

鸭跖草不光外貌出众，而且还是救荒的野菜和清热解毒、消肿利尿的良药。我们摘取鲜嫩的鸭跖草茎凉拌，甘脆鲜美，清热消暑。

每次来山里走走，总会发现“颜如玉”，交到“新朋友”，拓展新思维。谁又能知晓，平凡的鸭跖草花朵的结构是如此的巧妙。在为它的魅力而俯身，与它无声对话的过程中，我发现生命之美如此细腻而震撼心灵。鸭跖草的花只开在早晨，转瞬即逝，却留下了无与伦比的精美模样，正如精彩的人生就应该活成自己想要的样子。

2022 年 8 月

四季拾芳

冬

美国游记

一

“故人具鸡黍，邀我至田家”

孟浩然诗中的青山绿树，鸡黍桑麻，于当下这个时代已成了奢侈品。远离城市纷扰，放下种种公务和琐事，选择一处清静之地看山观海，一直是我喜爱的放松方式。

昨天下午在朋友邀请下，我们驾车来到华盛顿东南160多千米的海边别墅，体验了悠闲的海边慢生活。热情的主人用美食好酒招待完我们后，已经入夜。走出屋外，星辉满天，璀璨繁密的星辰多到令人难以置信，北斗星深深地映入眼底，这令人屏息的景象把寒

气逼人的冷风一扫而光。到今天早晨六点起床时，太阳未出，月亮还挂在树梢上，全世界都像一个梦，唯有月亮是真实的。我守候在岸边等待日出，东边的天空由浅浅的蓝过渡到淡淡的粉，转眼变幻成微微的金，随着太阳冉冉升起，阳光穿透薄雾，柔柔地在水面撒了一层金箔。

从清晨到傍晚，这世上总有一朵花开成你喜欢的模样，总有一个人与你灵魂相通。或许要经过千山万水才能相遇，走近时又如朝霞一般稍纵即逝，只要来过、爱过，就会成为记忆的贝壳里闪闪发亮的珍珠。生活不仅是我们活过的日子，而是我们能记住的日子。

二

让灵魂放松的旅程

旧金山以北 80 千米的 Napa 山谷是拍摄电影《云中漫步》的地方，那里有怡人的空气，透亮的海水，浸润在如稀薄牛乳般云雾中的连绵群山。整个山谷有两百多家酒庄，自然条件得天独厚，是世界上地道的葡萄种植环境。我们在一家始建于 19 世纪的葡萄酒庄短暂停留后，继续前往优胜美地国家公园。

优胜美地是美国三大国家公园之一，总占地约 1100 平方英里。即使你有一周的时间，也只能领略其中一小部分美景。无论是气势如虹的瀑布，巍峨雄伟的花岗岩，或是明镜一般的湖水，在这里你都可以找到自己喜爱的自然景观。一排排红杉伫立在蓝天和雪地之间，格外引人注目。被冰川造就而成的巨岩如同厚实的肩膀，守护着这片辽阔的净土。

每一次和山林为友，与蓝天白云相亲，就会感觉到心满意足。当一个人陶醉于大自然中，他的灵魂似乎像羽毛一样轻盈，能够自由自在地飞翔。加州的巨

杉国家公园就是一个让灵魂放松的地方，它以漫山遍野的参天巨树闻名于世。这里有世界上最大的树——雪尔曼将军树，高 83.8 米，木材体量 1500 立方米，树龄 2200 多年。另外还有世界排名第二的格兰特将军树，树龄超过 2000 年，树姿雄壮端庄，由美国总统命名为“国家圣诞树”。这些高耸入云的巨杉将树根伸向地狱，树干指向天堂，具有动人心魄的张力。它们经历了几千年沧桑，目睹了人类文明史，是难得一见的植物活化石。

三
“泾渭分明”

驱车从拉斯维加斯出来后，方圆几百里只有无尽的荒漠，到处是沙石和稀疏的仙人掌、小灌木。一小时后视野里出现一片红色山峦，在翻滚的云层和苍茫的大地共同搭建的舞台上分外夺目，红石峡谷到了。

这片奇特的峡谷为南内华达州最美的风景区之一，六亿年前这里是海底世界，经过几次地壳变动后形成今天的红石奇观。光秃秃的山上几乎没有树，一层层绵绵不断的岩石纹理在阳光下展现出不同的美丽图案，让人心迷神往。我们选择了一条较长的健道，像蚂蚁般在峡谷中攀爬着、蠕动着，享受着旷野无尽的乐趣。在一处高大的悬崖陡壁上，有几个年轻人在攀岩，突然听到一阵大叫，很多人聚了过去，有人不幸掉到悬崖下了。不一会儿过来一架直升机，从机舱吊下一个救援者，之后抱起坠落者随着飞机的轰鸣声离去。看到这一幕不由感慨美国直升机救援的及时和高效。

登上山顶放眼东方，拉斯维加斯这个巨大的人造城市清晰可见，那里可是纸醉金迷、夜夜笙歌，与红石峡谷两种截然不同的生活方式近在咫尺，相映成趣，泾渭分明。

四

不赶路，去感受路

生活在大都市中的人压力无处不在，快节奏、高强度的生活让我们变得只关注起点和终点，而忽略了由身边微小事物带来的美好，错过了点点滴滴的精彩。当速度眼看要成为所谓的人生标配时，常常想要慢下来，背上行囊去感受一段旅途，细品过程的乐趣——这才是我们真正想要的生活。天高地阔，欲往观之，别赶路，去感受路，沿路的风景也许胜过最终目的地。

当我们开车游走在加州一号公路上时，会感慨这也许是世界上一条最美的路。穿行在洛基山脉和太平洋之间，一面是海的壮阔辽远，一面是山的雄浑有力。任凭浪花飞舞，懒洋洋的海豹们一动不动地晒着太阳，如雕塑般占据了一大片沙滩。悬崖边上有位架着画板写生的男士，一副西部牛仔打扮，正赶在太阳下山前把无数种蓝色颜料填进他的画中。随着橘红色的夕阳慢慢沉入大海，喧闹的浪花安静了许多，山与海在夜幕中亲密地交融在一起，不分彼此。漫漫人生路，确有那么一段时光，那么一段旅程，可以让人找回久违的感动，成为继续前进的动力。

“我要带你到处去飞翔，走遍世界各地去观赏，没有烦恼没有那悲伤，自由自在身心多开朗，虽然没有华厦美衣裳，但是心里充满希望……”时间已经太快了

就让我们慢一点吧。听一首喜欢的歌，不赶路，去感受路，人生的曼妙就在脚下。

五

家的感觉

美国归来已数日，细细回味这段旅途时光，有一个酒店从脑海里脱颖而出，那就是带给我们家一般的感觉，由台湾人施先生和他夫人经营的GARDEN酒店。

该酒店属三星级，有40间客房，设施齐全，最大的特色就是房前屋后种满了果树，枝叶扶疏，是个名副其实的花园酒店。施先生告诉我们，酒店一年四季供客人享用的水果全是自产。他带我们逐一参观，娓娓讲述佛手瓜、号称水果鱼子酱的澳洲指橙、柚子、血橙、柠檬、柿子和葡萄等果树的品种来源及特性。我们享用了现摘的水果和香甜的柿饼，口感正宗，品相诱人。施先生还告诉我们，在这里生活很简单，从来没有黑社会、工商税务来打扰。临走时他和夫人细心地为我们准备好三大袋免费水果，像家人般留一份甘甜伴我们远行。

施先生60多岁，身板硬朗，脸上总是挂满笑容，从他那温和缓慢的语调中能够感受到浓得化不开的故乡情。这个花园酒店不止环境宜人，施先生对中国传统文化的理解渗透在细微的言谈举止中，令人难忘。

2015年1月

立冬新雪

尽管昨天西安下着雨，一向爱好神游的我叫上好友，驱车前往一百多千米之外的太白，因为那里有立冬的新雪牵动着我的心。

今天一早来到了黄柏塬方向的大贯子。相传当年蜀军一路退军来到这里，为了迷惑魏军，就在相距不远处埋了一大一小两座诸葛亮假墓，后人就把这两个假墓称为“大棺子”和“小棺子”。年长日久，因“棺”与“贯”近音，就逐渐改称为“大贯子”“小贯子”，并流传至今。未品浓秋已立冬，晴朗的天空下美景遍地，叫人应接不暇。昨夜下的是一场雨夹雪，方圆数

十里的山坡上薄薄地铺了一层白雪，为闪烁其间绚丽的金黄，深沉的绿和醉人的酒红加上了一道柔美的滤镜。有时候不是我们发现了美，而是美捕获了我们。一切都是那么自然，那么安宁，如同乡愁一般悠远。

行驶在弯弯曲曲的山路上，银光闪闪的峰峦，色彩斑斓的植被和穿过丛林的溪水，构成了宛如古老宣纸上挥洒而出的巨幅丹青，令人过目不忘。人生总有一些路，需要自己走，无论多么坎坷，只要心怀感恩，保持一份平和的心境，就会走得踏实愉快。

2015 年 11 月

欧洲游记

一

发明家的故乡

中学时代读《世界历史》时知道了著名的法国里昂工人起义，上物理课时得知电流的单位命名为安培，是为纪念出生在里昂的物理学家安培。多年前在电视节目里看到，人类航空事业的先驱蒙哥尔费兄弟也是里昂人，他俩研制出世界上第一个热气球。里昂还是缝纫机创造家蒂莫尼耶的故土，他于 1829 年发明的缝纫机是世界上最早成批制造的缝纫机……来到里昂，才真正体会到这座欧洲文艺复兴时期的历史名城的深厚底蕴。1998 年里昂被列为世界人文遗产城市，

现已成为法国仅次于巴黎的第二大都市和经济文化中心。这是一个可以静下心来欣赏风景，享受艺术与慢生活的地方。

金头公园是里昂人最喜爱的休闲去处，也是法国最大的城市公园。“金头”这个称号是来自当地的一个传说，传说中这块土地上曾经发现过一个宝藏，其中包括用黄金铸成的耶稣头像。公园为英式庭园风格，从西门向东横穿公园的格朗康道将公园分为南北两部分。南边有大草坪、鹿苑、植物园、温室与动物园，北部是占全公园面积约三分之一的人工湖，有里昂“绿色心灵”之称。

早餐后我们穿过格朗康道进入公园，与湖区邂逅。茂密的树林围绕着如深邃眼眸般幽蓝的湖水，铺满落叶的草坪柔软如棉，时光在这里慢了下来，心也跟着安静下来。对面苍红色的水杉像竖琴般整齐排列在岸边，近处高大的山毛榉挂满摇摇欲坠的金黄色叶子，

湖面上游弋着三五只野鸭，多情的白云投影在它们荡起的涟漪中……无论我们怎样移动角度，穿梭林间，漫步湖边，都能收获油画一般的景色。在这样的画面里，徒步、骑车、跑步，无论做什么都是百分百的享受。

二
梦中的蓝

从尼斯开车进入戛纳的迎宾大道，地中海的潮湿气息扑面而来。左边是蔚蓝的海湾，右边是整排的酒店，古典与现代风格的建筑比肩林立。矗立在海风中的椰子树生机勃勃，马尾松粗壮笔直的树干撑起了茂密的针叶树冠，就像一把张开的绿色大伞。那个瞬间有一种恍惚感，说不清到底是梦中的阳光照进了现实，还是我们走进了自己的梦，总之那一刻我们来了。

戛纳风光旖旎，称得上“天堂原乡”。漫步在海边细软的沙滩上，除了白色海鸥和白色游艇在阳光下

熠熠发光，满目皆是蓝色。海水和天空合二为一，神秘、纯粹、宁静，那是足以包容一切的蓝，只有上帝才能临摹。戛纳人的生活随心所欲，他们总是很晚才起床，总是在喝咖啡，海边总是有很多人无所事事地晒太阳，像猫一样懒洋洋地消磨一整天。而我们总是走得太快，总是在拥挤的路上与时间竞赛，忘记了为何出发。

ATELIER ARTISTE
Floriane Maets
GALERIE

三

中世纪古镇鹫巢村

从尼斯驾车前往摩洛哥的路上，路过了埃兹小镇，其一砖一瓦都散发出浓浓的中古韵味。镇上的房子建在陡峭的岩壁上，很像鹫筑巢的方式，因此又被叫作“鹫巢村”。它位于地中海边一座凸起的山上，独占高地，海景与山景相互辉映。这个有着两千五百年历史的小镇，留下了许多的典故：有尼采在此居住时因散步获得灵感而命名的“尼采小径”，有希区柯克拍摄电影《捉贼记》时的取景地，摩纳哥前国王与格蕾丝凯莉童话般的爱情故事据说也正是从这里开始。

古镇标志性的红屋顶与蒂芙尼蓝的木质百叶窗搭配得和谐悦目，斑驳的老墙在象征着忠实的常春藤陪

伴下不再孤单。脚踩与黄色教堂的古钟一样经受了风蚀考验的石板路，从迷宫般的窄巷蜿蜒向上登至山顶，来到一座充满异国情调的植物园，布满仙人掌、芦荟、龙舌兰……在这里处处感受到一种可以穿越时空的厚重之美。倚栏远眺菲拉海峡，三百六十度的地中海全景映入眼帘，不愧为传说中蔚蓝海岸的最美小镇。

从鹫巢村一直沿地中海北岸行驶，来到了法国和摩纳哥的边界。摩纳哥没有边防，也不需要办理入境手续，我们没有停车就进入了摩纳哥，就像在国内从一个城市驶入另一个城市般方便。摩纳哥以成排的游艇、数不胜数的豪华轿车和没有边际的蓝色海岸线著称，传说中的夜景更是不容错过。我们抵达时正是夜幕降临的时刻，灿若繁星的灯光照亮了整个城市，完全可以和长崎、香港的夜景相媲美，被评为“世界新三大夜景”之地，名不虚传。

四

树红树碧高低影

都灵是意大利的第三大城市，你若用心去探究，必然会发现它的魅力。如果你热爱足球，这是意甲豪门尤文图斯主场，如果你嗜好汽车，这是菲亚特的故乡，FIAT 旗下有法拉利和玛莎拉蒂……

我醉心山水，只求山水之乐，所以来到了都灵的华伦天奴公园。没走几步就被眼前的景色惊艳到了，小雪时节各色树木已换上了鲜艳的冬装，流光溢彩，脑海中瞬时浮起唐代诗人杜光庭笔下描绘的“树红树

碧高低影”……在纯净天空的映照下，每一片叶子都显得神采奕奕。落叶松针织成了厚厚的砖红色地毯，等待我们体验踩上去那种美妙的感觉。波河穿过公园静静地流淌，宽阔的河面上不时有皮划艇和水鸟经过。走到公园每一个角落，都有一番静谧中的灵动。松鼠和鸽子无忧无虑地觅食、玩耍，那份怡然自得的快乐连人类都会嫉妒。唯有大自然是心灵的沃土，沉浸其中，能远离尘嚣，获得纯净的能量。

五
上帝的后花园

阿尔卑斯罗纳冰川雪水汇集而成的日内瓦湖，是西欧最大的天然湖泊，从东到西近 65 千米，从南到北近 16 千米，也是世界第一大高山堰塞湖。拜伦把它比喻成一面晶莹的镜子，巴尔扎克说它是“爱情的形容词”。来到日内瓦湖畔，深深感到这些赞美都不为过。无论晴天还是阴天，湖水每时每刻都变幻出不同的情调，与港湾边停泊的游艇、一幢幢优雅的建筑和参天古树相映成画。辽阔的湖水不仅滋养了作家的灵感，还滋养了周围万物，成群的天鹅、海鸥和野鸭在这片上帝的后花园里游荡嬉戏，生机盎然。曾有多

位著名的诗人、作家和演员，其中包括拜伦、卓别林、海明威、奥黛丽·赫本，自从来到这里度假后，就把瑞士当成他们的第二故乡。

日内瓦不仅有着让人赞叹不已的湖光山色，同时具有深厚的人道主义传统，全世界有多个国际组织的总部云集于此。其中包括联合国欧洲总部、世界卫生组织、世界知识产权组织、世界气象组织、世界贸易组织、世界教会协会、国际红十字委员会等，因此日内瓦又被称为全世界最国际化的城市。在日内瓦众多的博物馆内，收藏了许多中国、日本、希腊及罗马等

古国的珍贵文物。联合国欧洲总部门口的“日内瓦断椅”，是瑞士著名雕塑家丹尼尔·伯塞特1997年代表国际残联为纪念《地雷议定书》的正式生效而创作的。它的椅背足有两层楼那么高，椅面比一张乒乓球台还大。这件作品提醒我们，在远离战争的和平年代，更要珍惜来之不易的幸福。

2015年11月

万树松萝万朵云

整个冬天的雾霾让我对周围环境的审美变得疲劳，如果人的眼睛累了，心也就累了。还好昨天刚回到太白，晚上就下了一场大雪。

早晨和永生踩着厚厚的积雪走进了火烧沟，雪质干爽松软，就像温暖的棉花铺满了整个山谷。三个月前我俩来到这里时一片斑斓多姿，此刻千万个雪精灵织出一身银装，把火烧沟打扮得简约大气。白雪却嫌春色晚，故穿密林做飞花——我们穿行在树林间，与各种各样的植物玩猜名游戏。顶着松软雪球的翠绿色针叶是马尾松，如点点红梅般傲立枝头的是忍冬的红果，堆满层层积雪、只伸出黑色枝丫的是落叶松，皱皱的黑色结线在雪挂的装点下更加清晰的是白桦……它们与这场大雪的相遇，才让我们知道素颜的冬天胜过一切浓妆艳抹。

没有雪的冬天是不完美的，没有下大雪的冬天是让人遗憾的。冬天之所以令人神往，因为它有雪花飞舞的浪漫和天地纯洁的悦目。雪这个从天而来的礼物，不但能吹落浮华，散去阴霾，而且还让人心底清澈，回到最初的模样。喜欢雪的洁白无瑕，喜欢雪的温润如玉，更喜欢踩在上面“咯吱咯吱”的声音。

2016 年 1 月

冬天的大地岭

冬天的大地岭上没有了春天的柳绿花红，也没有了夏天的浓荫和秋天的果实，三季的繁华落尽后，只有沉默和安宁，简单和明快，让人心平气静。

天空像用蓝色的颜料染过一遍，容不下一丝云彩的存在。虽说满山枯枝败叶，昆虫形迹藏匿，到处是光秃秃的树干，但它们各有各的姿态，各有各的韵味。崖畔上孤独的杜梨和院里残墙边的老核桃树，静静地等待新的使命到来。落光了叶子的白桦树依然像军人一样挺立着，于冬日阳光的洗礼下，有一种打动人心的圣洁。在这天寒地冻之时，名副其实的忍冬树上的红果依然娇艳在枝头。干枯的青冈树叶不肯离开枝丫，好像给大山披了一件土褐色的毛衣，虽然单调却不失个性。此时空中已经很难找到飞鸟的痕迹，偶有一只

小鸟在干枯的枝头嬉戏，自成一幅作品。几朵野棉花在芜杂的草丛中孑然独立，为冬日送来了一抹温暖。马尾松的针叶上裹着厚厚的白霜，远看像一束束洁白的秋菊。

冬天让我情有独钟的是它坚忍的品格，在冻土中积攒着热力，蛰伏中暗藏着生机，时刻准备迎接新的挑战。在冬天的大地岭上呼吸着清爽的空气，为来年积蓄力量，向着明媚的春天微笑前行。

2016 年 1 月

你好 2017

冬日的西安已经看不到天空原本的颜色，除了雾霾还是雾霾。厌倦了被钢筋水泥包裹起来，像机器一样运转的生活，渴望回到大山深处。最贴近自然的地方就是故乡的山，它就在那里，大美不雕，安静不语。同一座山，每次前往，由于时令不同、景色不同、相伴者不同，心境自然也会变化。但有一点是不变的，那就是每一次大山都会带给我涤荡身心的愉悦。

为了寻找四十年前上高中时劳动生活过的农场，新年第一天来到了太白唐口镇四方沟。这里的风景很简单，除了大片的蓝天白云，就只有高低起伏的褐色山林和少许未消融的积雪，但并不会让人觉得枯燥乏味，反而再增加一分装饰都显得多余。天空像一块扎染的棉布，蓝底白花，清雅朴素。透明的空气裹着雪

的丝丝寒意，可以放心地深呼吸，把城市里带来的灰霾清走。没有哪个季节的阳光，比冬阳更充满无私的爱意。冬日的阳光不像春天那么撩人，也不像夏天那般热烈，它含蓄温柔，更让人迷恋。山上的树木在寒风中只剩下光秃秃的树干，万籁俱寂，冬天以它的沉默考验着我们的耐心。北风虽然凶猛，终不能永远地统治大地，只要有耐心，离春天里嫩芽的微笑就不远了。生活中大多数事情，本来就是需要时间去完成的，就像面团等待发酵、蝴蝶等待蜕变一样。2016 年那些尚未实现的梦想，那些还没到达的远方，都在等待我们整装出发。2017 年怀着不变的初心，定会有崭新的风景出现。

冬天的大山是朴实无华的，它将一份睿智埋藏得很深很深，给燥热的心头吹来一阵沁凉的风，让我可以尽情地感受蓝天白云下的恬静、自由和清新。

2017 年 1 月

洒扫庭除迎新年

时光总是匆匆，转眼之间就要过年了，昨天在家打扫了一天卫生。我国古代把春节大扫除称为“扫年”，起源于人们驱除病疫的一种宗教仪式，后来逐渐演变为年终的卫生大扫除。民谚称“腊月二十四，掸尘扫房子”。繁体字“婦”，便是女人手持一把笤帚，直到今天打扫卫生还是家庭主妇的任务之一。

小时候生活艰难，一年到头忙，平时只是粗略地打扫。加上土瓦房子空间大难收拾，只有到了每年祭灶爷的日子，全家上下齐动手，把整个房子仔细地打扫一遍。先用竹竿绑了笤帚清扫房子高处，接着用抹布把柜子、桌子、灶房的盐罐罐、酸菜罐子和面罐子都抹干净，然后用笤帚把地上旮里旮旯都扫干净。再去南寺的土坡上挖点白土，回来加水和成白水泥，把经年烟熏火燎的灶房、灶台和里屋的墙壁刷白。最后

用旧报纸把房间的顶棚糊一遍，窗户贴上白纸和窗花。晚上躺在炕上，看着焕然一新的房子，心里很舒坦，脸上满是幸福的笑容，就等着过年了！母亲教导我们："日子再艰难，过年一定要用心打扫房屋，财神爷喜欢干净、亮堂的家。财不入乱地，家里整洁能聚财，凌乱的家难聚财。"

哈佛商学院研究发现：幸福感强的成功人士，往往居家环境整洁有序；而不幸的人们，通常生活在凌乱不堪中。所以灰暗的家吸引不好的能量，会影响财运；而明亮整洁的家吸引正能量，财运自然好！家里不需要太多的装饰，和穿衣服一样，干净整洁就好。家很平淡，财运很简单，拥有阳光般的心态，幸福就不再缥缈。

2017 年 1 月

冬天应当去一次太平峪

西安的太平峪至少要去四次，阳春有万亩嫣红的紫荆花，盛夏有澎湃清凉的绿荫，浓秋有层林尽染的陶醉，此刻正值隆冬，粉妆玉砌的雪景无疑是太平峪最扣人心弦的画卷。

周末一早启程，沿环山路驶进太平峪，天寒静谧，空旷无人，只有雪花静静地飞舞，密如白尘。下车顺着河边踏雪前行，一丛丛干枯的灌木在雪的装点下，好似水晶珊瑚般玲珑剔透。河道里结了一圈薄冰，河水是深褐色的，若舀一些盛在杯中，就是以假乱真的冰美式咖啡了。高处的树枝上垂吊着冰挂，犹如一串串玻璃风铃，为冬眠的大山传递来自远方的讯息。遍地残枝只露出凤毛麟角，轻盈而又厚实的大雪，把衰

败的枯叶埋葬，又把新的生命孕育。远眺群山飞雪，高低相连的雪峰似一条白龙，在浑然一体的茫茫天地间自在盘旋。

秦岭的冬天用细致入微的线条，勾勒出一幅浓淡相宜的工笔画，让人在“落花飞絮蒙蒙”中想到了故乡，想起童年于冰天雪地中的欢笑声。唯愿生活在简单平静的尘世中，有春风送暖，看夏花绚烂，赏秋韵醉染，品冬雪恬淡，一切皆顺其自然。

2018 年 1 月

十年再进百龄觞

今天是母亲的 90 周岁生日，这是一个值得庆祝的大喜日子！我的母亲是这个世界上无数平凡的母亲之一，也是这个世界上无数伟大的母亲之一。母亲走过 90 年的风风雨雨，历经无数煎熬和沧桑，用自己柔弱的臂膀，为我们的生活撑起一片蓝天。时至今日，她仍在默默地奉献余热，坚持在太白老君洞寺庙做义工已有 30 余年，给人欢喜，给人方便，努力修行为后人积福。为此，老君洞已逝的马道长曾为母亲立碑“功德万元，留名青史”，现任的李道长又送来“上善若水”的牌匾。

我出生三个月时父亲就去世，母亲既是慈母，也是严父。她一人挑起重担，养育了我们兄弟姐妹五个。在那个缺衣少粮的岁月里，生活的艰难可想而知。然

而，母亲从不向命运低头，始终坚韧、忘我地操持着这个家庭。

母亲出身贫寒，自幼逃荒到陕西，在艰难困苦的环境中，勤俭和朴素伴随她一生，“舍不得”这三个字全部体现在她身上。舍不得吃，舍不得穿，舍不得为自己花钱，省出来的都给了儿女们。母亲虽没文化，但却给予我们最好的教育。她温和的性子和宽宏大度的气量对我影响很深。母亲深明事理，和街坊邻居长期和睦相处。小时候我与别的孩子打架，她总是先给人家赔不是，等到没人时再对我责备和行罚。我在工作及生活中保持的热情，乐于助人的精神，都是母亲播下的种子，让我终身受益。

善良、勤劳是母亲的两大品质。因为勤劳，母亲才能守护好我们的家，因为善良，母亲才获得了很多好心人的帮助。

我很荣幸拥有这样平凡而不平庸的母亲！同时感谢哥哥和嫂子，姐姐和侄女等家人对母亲的侍候与关照，让我在外地能安心工作。同时，我也要感谢街坊邻居多年来对我母亲的帮助和关爱，在这里我向您们鞠躬致谢！谢谢您们！

世上只有妈妈好！母亲在她的青春岁月忘却了自己，全部的心思都为了抚养我们成人。如今我们这个大家庭一天天好起来了，而母亲已满鬓白发。有了母亲才有了今天欢聚一堂的幸福时刻，有了母亲我们才拥有了今天的一切。我感恩母亲，母亲是我们的幸福之源！寿酒千杯不算多，寿面万丈不算长。祝愿我亲爱的母亲健康长寿！九老曾留千载寿，十年再进百龄觞。母亲我们盼着为您庆祝一百岁的生日！

2018 年 11 月

新年踏雪

今天是2019年的第一天，我和好友怀着对新年的美好期许，来到终南山的石硖沟，被大山珍藏的冬日胜景和蕴含的无限生机深深地吸引，在皑皑白雪中留下了我们的脚印。

步入石硖沟，铺满积雪的山路上空无一人，目光所及之处皆是白雪仙子的舞台，光芒四射。尽管空气带着冰凉的寒意，可是经深呼吸进入到身体后，马上化为一股令人振奋的能量，刹那间将我们带入一个全新的世界。终南山四季皆美，批上银装后更显得清丽脱俗。蔚蓝的天空与洁白无瑕的雪地交相辉映，一束金色阳光穿透树枝的缝隙，投射出一地的幻化光影。太阳徐徐升高，光影也随之移转，树木、岩石和山峰逐渐展露出它们精致的线条，争做这个舞台的主角。

越向高处走积雪越深，花草都被遮盖得严严实实，几乎找不到一片熟悉的叶子。经过寒冬的酝酿，待春天来临，它们会一一破茧成蝶，再来与我相会。光秃秃的树杈上开出了大片大片的银色花朵，偶尔会有一只灰喜鹊扑翅而起，朝着密林深处飞去。

雪中的忍冬科植物金银木叶片凋尽，但粒粒红果仍挂在枝头，与风雪对峙。看着小小的红果在亮晶晶的白雪中如火苗般跳跃燃烧，内心深处涌出一股暖流。她是春天美丽的信使，她引领着我们，向着温暖和希望起航。

2019 年 1 月

回到梦中的故乡

初冬时节，秋叶渐退，冬雪未落，山上的枯枝残叶还散落着点点黄与红。此刻的我驱车来到秦岭深处，登至山顶，北望长安，南眺诸峰，重峦叠嶂，千峰竞秀。脚踏秦岭，这片让我倍感踏实的土地，就是我魂牵梦萦的故乡。

秦岭，你是中华民族的龙脉
你横亘中国东西
一手挽着长江
一手牵着黄河
生活在你怀抱中的人们
努力锻造自我
激发生命智慧
创造出世世代代的灿烂文明

秦岭，你是天下之大阻
西有积雪六月天的太白山
东有奇险天下第一的华山
翠华山天池放异彩
青峰山瀑布落九天
白云山道观四百年
终南山上善池涌清泉
更有七十二峪
如七十二颗明珠
洒落在人间

秦岭，你是中国历史文化的丰碑
在历史的关键时刻
你撑起了一片蓝天
丝绸之路长安起
十三朝古都历久弥新展欢颜
你汇聚了儒释道三教百余座庙宇
是中国道教的圣地发源
奇山在诗行里屹立
秀水在歌声中流淌
无数文人墨客留下了绝美的诗篇

秦岭，你是丰富的生物基因库
绵延了数千年绿色情怀
你孕育了神奇的太白山七药
才有了孙真人千金要方
才有了中国道教式医药学
你守护了珍稀濒危动物
才有了羚牛、大熊猫
金丝猴和朱鹮

秦岭，你是生命不息的象征
聚集了山的精华
荟萃了水的力量
赐予我们回归自然的悠悠厚味
你用坚强和崇高的品格
带我们领悟天地恒昌
你用伟岸挺拔的身躯
护佑着从太白山走出的我
靠近你就走进了辽阔的诗意
走进了梦中的故乡

2019年11月

篮球与我

周末的早晨虽然气温很低，但是依然阻挡不住我去篮球场的步伐。昨晚西安下了场小雪，一层薄薄的白雪闪着寒光，像银色的毡子一样覆盖在研发园的露天小球场上。扫完球场的雪，我先用十分钟运球上篮热身，接着就开始练习三分投篮。随着第一百个三分球投入球筐，心中油然而生一种满足感，浑身每个细胞都被篮球带来的快乐填满。

我与篮球结缘是在 2003 年的夏天。那时工作压力大，每天忙碌到身心疲惫，经常莫名其妙的烦闷。一次省药检所的高海老师对我说：“下班后去打一场篮球，出一身汗，回家后洗个澡吃个饭，你会觉得快活，并且一躺下就睡着了。”之后不经意间打了一次篮球，酣畅淋漓地出了一身汗。从此就痴痴地迷恋上了篮球，十余年从未间断，篮球也逐渐成为我生命的一部分。

篮球让我收获了快乐和健康，使我的精神面貌又回到年轻的状态。打了篮球，才知道一瓶平淡无味的矿泉水竟然这么好喝，一个精彩的带球过人、一个霸气的关键三分绝杀足以让我兴奋一整夜。作为公司老总，每天的工作都安排得满满的，可是一到下班时间听见公司楼后小球场的砰砰篮球声，手就发痒，不管多忙都要挤出时间去打上一两个小时的球。

只要天气好，小球场就会自动聚集一大帮球友，除了场上打比赛的，还有边上围着观战和铆足精神等着上场的。通常天越热人越多，下雨或者雾霾天气大家会转到附近的室内篮球场。无篮球，不兄弟，打一场篮球时常会将陌生人变成朋友。慢慢地结识了许多和我一样热爱篮球的球友，如“擦板王”虎子、“篮板王”孟雷、“科比”刘将、“杜兰特”小宋、“国际裁判”老邵等。他们积极向上，各显神通，年龄都不到 40 岁，每一位都是我的教练。球技最全面的“老过”还建了一个“研发园篮球爱好者群”，打球时只要在群里喊一声，人数就凑齐了。我年龄最大，速度

慢，不善运球，主攻外围投三分。如今定点投射很准，对方防守稍不留意，三分远投应声入筐，喝彩声萦绕球场，所以年轻人都叫我“三分王”。打球十几年来，受伤习以为常。2010年腓肠肌撕裂，休息了两个月就忍不住上场了。脚踝扭伤、手指“吃萝卜干”等常有发生，总是一边受伤，一边热爱，休息几天又重返球场。

我的工作是研究新药，篮球在我的人生字典里代表一款可以治愈一切的良药。每当心情不好时就去痛痛快快地打一场篮球，汗水会蒸发掉所有的烦恼。打篮球不仅仅是把球投入篮筐的简单运动，“汝欲学诗，功夫在诗外”，它还带给我很多“诗外”的人生收获。人一定要爱着点什么，从而让我们变得坚韧、宽容、充盈。是篮球让我品味到非同一般的内涵，提高了我的生活品质。我会一直坚持下去，直到打不动的那一天。

2019年12月

心之归处

“早点回家过年！”年还未到，电话里母亲的声音就迫切起来。回家过年是每年不变的仪式，是儿女最原始的情感，是中国人几千年的传统，是春节最壮丽的景观。家乡是我生命的起点，也是我的归宿；家乡是我永恒的眷念，也是灵魂的栖息与寄托之处。年龄越大，越盼着回家过年。一入腊月，思家的心潮就开始涌动，回家过年的脚步也一天比一天紧。

无论是30年前在深圳打工，还是后来到其他城市工作，不管是翻车窗挤上绿皮火车，或是在大年三十风雪交加的夜晚赶路，总要想方设法赶回秦岭深处的家乡过年。当我翻山越岭回到热闹的家中，一顿团圆饭把所有的疲惫都融化在浓浓的亲情里，漂泊在外的心灵才能得到片刻的安慰。不回家过年的理由可

以有一百个，而回家的理由却只有一个：陪伴母亲。母亲今年91岁了，宽容忍让，勤劳节俭。随着年龄的增长，母亲在人生的道路上与我们渐行渐远，人生四季只剩下冬季，春节团圆就成了她最大的期盼。

母亲今天早早地就站在路口张望，盼着我回来的那一刻。在母亲身边，我永远是她眼中的孩子，一衣一食皆无微不至。每次过完年就不想再回到大城市里去，真想留在自由自在的心之归处——我的家乡太白。这里山清水秀，空气清新，人们心情舒畅，过着平静安逸的日子。回家过年才是生活最好的仪式感，回家过年对我而言是一个收心、洗心、静心的过程。

今年由于新型冠状病毒肺炎疫情高发，阻碍很多人回家过年。还有许多医务工作者、社区工作人员奋战在抗疫第一线，他们把对亲人的牵挂和思念埋在心底，坚守岗位，默默付出，成为这个春节里最温暖人心的力量。祝愿他们平安顺利，早日凯旋，早日和亲人团聚！

2020年1月

雪后初晴

2020年的春节注定不同以往，新型冠状病毒感染引发的疫情牵动了全国人的心。为了防控疫情，宅在家里五六天，独享清静。到今天清晨，下了整整两天的雪停了，我按捺不住对自由的渴望，于是约上永生，徒步前往山里。

大雪过后，万物冰清玉洁，尤其晴朗的天空干净得让人一往情深。太阳把万缕金光铺洒在厚厚的积雪上，积雪又给绵亘的山路围上了一条长长的白色围巾，似雾一样柔，如纱一般轻，真不忍心踩上去。林中的枯蓬断草变成了玉树琼枝，如朽木逢春般焕发出勃勃生机。茂密的落叶松就像一把把黄金铸成的利剑直指蓝天，翠绿的马尾松气定神闲地挺立在雪地中，高傲地接受冰雪的洗涤。蛇床子已经枯萎的伞状花朵上结出了一簇簇冰晶，化身为盛放的白梅。红果挂满枝头

的金银木还保存着最后的一份倔强，即使孤军奋战，也要换上红装，傲雪凌霜，如同逆风而行帮我们渡过难关的白衣战士，展示出无比坚韧的精神。一群鸟儿叽叽喳喳叫着，在金银木的枝头上跳来跳去，雪花扑簌簌落下来，如银色的细沙倾泻，新晴配雪韵，轻红照雪落。

当疫情来势汹汹，威胁到每个人的健康，不得不以失去自由的方法来应对时，对幸福的理解转瞬之间化繁为简了。深一脚、浅一脚地行走在雪地中，没有口罩的羁绊，尽情地呼吸着沁人心脾的空气，就是当下的幸福。冬天以雪为歌，为天地送来纯净，给我们增添信心。相信众志成城，一定会打赢这场防疫阻击战。

2020年1月

医药创新2021，我拿什么爱你

2020年岁末，同写意新药英才俱乐部在古城苏州举办圣诞节晚宴，组委会邀请大家以“医药创新2021，我拿什么爱你”为主题各抒己见。我有感而发，赋诗一首：

多少次穿越秦岭腹地
在鳌山下仰望
在牛尾河畔听林涛声声
在《伤寒杂病论》里寻觅奇方

几多回登上太白山顶
在云雾里攀缘
在药王谷中闻花香缕缕
在《本草纲目》中徜徉

珠光香青

2020 年新冠肆虐全球
让天堂也充满了哭泣
我拿什么奉献给你
2021 年的创新药

翻阅丸散膏丹几千年方剂
访遍秦岭太白七十二味七药
欲找到灵丹妙药
击退无情的病魔

忘不了
37 年前工作过的县医院
很多疾病诊断清楚
却无药可医

看着患者绝望地从眼前离开
从此暗下决心
研究临床上没有的好药
这就是初心

在药研的马拉松赛道上不断奔跑
哪怕孑然一身

青丝变银发
仍然在不知疲倦地奔跑

今夜姑苏名城高朋满座
举杯辞旧迎新展望未来
你问我幸福是什么
有人爱，做好药

无论昨天今天或明天
无论人间阴晴圆缺
一念执着愈挫愈勇
阴霾险阻一笑置之

时间从来不语
却回答了所有问题
岁月从来不言
却见证了所有真心

你问我拿什么爱你
抱朴创新初心不改
把爱珍藏在
一路有你的地方

2020年12月

瓜叶乌头

分水岭上千顷玉

告别了跌宕起伏的2020年，阴霾了数日的西安以和煦暖阳与朗朗晴空迎接新年的到来，让人心情舒畅。每年元旦都要登一座山，登山能让我途经美丽的风景，于高处豁然贯通，放眼远方看到希望，更加坚定心中奋斗的方向。

秦岭分水岭是我2021年登上的第一座山，位于西安的后花园沣峪口33千米处。它是秦岭的标志性地域之一，是地理上的南北分界线，分水岭以南为长江水域，以北为黄河水域。去年10月份曾经登上分水岭，奇山兀立，林海莽莽，蔼蔼红叶从公路两旁一直延伸到远山，构成了童话中的世界。

9点钟和天亮兄沿沣峪口210国道进山，一路山势险峻，雪景诱人，“不知庭霰今朝落，疑是林花昨夜开。”随着海拔越来越高，积雪越来越厚，一小时后，我们到达了210国道的最高点——海拔2100米的秦岭梁顶的分水岭。举目四望，群山连亘，秦岭风光尽收眼底。朦胧的山峦在雪的泼洒下，被晕染成了极简的黑白两色。阳光下的岩石寒林如一幅淡雅的水墨画，含着情、带着韵铺展在天地间，将我们置身于画中间。

虽然眼中看到的是雪窖冰天，分水岭上和蔼可亲的阳光却传递着熨帖人心的温暖。一天前忽然而至的一场大雪，是2021年分水岭收到的最浪漫的礼物，

让千万树枝上绽放出梨花般的动感与永恒。我踏着没膝深的积雪进入树林，四处飞珠溅玉，好似有人种下千顷美玉，惊喜地发现自己已置身于茫茫仙境中，如梦无痕。凝结在笔筒草上的雪花像珍珠一样簇拥在一起，皑皑白雪以它的烂漫博大，包裹着森林中的沟沟壑壑。

冬日里，最不可错过的是一场雪的盛事。这一场雪，抚平了我们心上的旧痕，让心灵重新像雪原一样平整而纯洁，让我们再一次拥抱了自己的初心。这个世界最奢侈的礼物，不是爱马仕，也不是百达斐丽，而是大自然的恩赐——一年四季呈现出不同的壮丽秀美的景象，带来令人感动的无限美好。

2021 年 1 月

初冬好时光

周末的西安出现难得一见的好天气，阳光普照，空气通透，心情也由阴转晴了。趁着初冬带来的这一份暖意，我和小虎兄驱车沿着幽幽蓝关古道逶迤而上。一路上野花凋零，转弯背阴处的残雪未消，像一片片白棉絮飘落在枯枝残叶上。曾经碧绿过的草木失去水分，颜色枯黄，在暖阳照耀下依然倔强挺立，像是宣布从春萌、夏长，再到秋实、冬萎，经历过风霜雨雪，体悟到生命的真谛，光荣使命已经完成。站在崖畔边的野酸枣树叶尽落，瘦骨嶙峋的枝条上还挂着稀稀落落的小红枣，少数果实尚且饱满，大部分都干瘪了。棠梨的叶子与树干渐行渐远，唯剩褐色的枝丫在风中摇曳。光秃秃的野山杏没有了叶子的陪伴与点缀，显得孤单落寞。繁华落尽，蛰虫伏藏，万物即将进入冬眠，一切将归于安静祥和。

到了七盘，目极所至皆是美景。南面山顶上的宝塔熠熠生辉，黛青色的绵绵群山横亘在眼前。俯视北面的蓝田县城，烟火人间尽收眼底。回望盘旋而上的七盘古道，不禁让人有一种“云横秦岭家何在，雪拥蓝关马不前”的感慨。

经乱石岔，到了蟒蛇湾，忽见远处旧土房前有两棵柿子树，静静地屹立在一碧千里的天幕下。“秋去冬来万物休，惟有柿子挂红灯。”一树红艳艳的柿子挂满了墨色的枝丫，让每一个经过古道的人都眼眸一亮，心生欢喜。阳光洒在小灯笼般的柿子上，发出艳丽的光芒，这是专属于冬天的暖色，也是冬日里独有的甜蜜，它呼唤着人们去采摘，也呼唤着鸟儿来光顾。

“暧暧远人村，依依墟里烟”，沿着九曲十八弯的古道，我们来到六郎关的尤家客栈。午后的阳光斜斜地照进宁静的小院，我们坐在院子慢慢地品着热茶，彻底放松身心，享受生活之美。让平时忙碌的心稍歇片刻，然后神采奕奕，继续奔向前方。

2021 年 11 月

苦乐参半金红树

进入冬月，西安的气温已降至零下，我仍然按捺不住想去登山的愿望。周末迎来了风和日暄的好天气，一大早约上好友小虎去登周至楼观镇的王母岭。王母岭位于楼观镇就峪河的西侧，海拔 1000 多米，因山梁上有座王母庙而得名。我们顺着就峪河进山，路的起始处有一户人家，屋前有一棵柿子树，光秃秃的枝干上高高挂着一枚枚通红的柿子，如一幅油画悬挂在就峪河的苍茫里。

山路不算险峻，盘旋曲折，前后无人。树木卸下了两个月前华丽无比的叶子，像离开了华服的衣架。两只毛色鲜艳、尾巴蓬松的松鼠在树枝上窜动，轻灵如飞，看到我们后瞬间消失的无踪无影，山野愈发静默无声。

我们一步一步地向上攀登，离山顶越来越近。一抬头看见路边一株光秃秃的树上好似盛开着金红色的花朵，令我们睁大了眼睛。细看原来是一簇簇线条优美的S型藤条上点缀着一颗颗金身包裹着的鲜红色果实，红果在金黄色的宿存花萼托衬下，犹如黄金底座上托着璀璨的红宝石，显得雍容华贵。红色假种皮包裹的种子圆润饱满，暗香盈袖，在微风中摇曳着柔软的身姿，充满了禅意。顺手从枝头摘下一枚红果放在手中观赏，鲜艳夺目，娇艳欲滴，犹如一股暖流涌上心头。

眼前结满闪动着风翻火焰欲烧人的金红色果实的藤状灌木是南蛇藤，别名就叫“金红树”，是卫矛科植物南蛇藤的藤茎。它的干皮沧桑，像蛇一样蜿蜒游走于岩石间、大树上。其全身都是宝，树皮是优质纤维，具有很强的拉力，可作纺织和制造高级纸张的原料。它的根、藤、叶均可入药——叶是治疗毒蛇咬伤的良药，根和藤主治风湿关节痛、四肢麻木、瘫痪等症。南蛇藤姿态优美，茎、藤、叶、果都有很高的观赏价值。春天枝繁叶茂，嫩叶可食；秋天叶片变红，美丽壮观；冬天红叶已经完成了它的使命，零落成泥变作肥，累

累硕果竞相开裂，露出鲜红色的假种皮，宛如颗颗宝石般闪耀，迎接又一个新的轮回。

南蛇藤是一种收敛中带着张扬的植物，它的英文名字直译为“东方苦乐参半根”，就像我们的人生苦乐参半两相随，灵魂冷暖皆自知。岁不寒无以知松柏，严冬方识南蛇藤。当百草枯黄，树木孤独地经受着凛冽的寒风袭击之际，大放异彩的南蛇藤点亮了枯山，成为王母岭上不可或缺的美景。南蛇藤的生长无不配合四季运行，顺势而为，苦乐参半，一切刚好。

2021 年 12 月

平凡的土冬花

2021即将画上句号的时候，跨年的加速键被西安的疫情按下了暂停键，全员居家防疫，经过特批我今天才得以到公司办公。走进静悄悄的公司小院，一股特别的寒香氤氲缭绕在空气中，让人精神一振，抬头望去原来是葳蕤的枇杷花正顶着严寒绽放。驻足枇杷树下仔细端详，发现藏在大大的琵琶状叶子里的白色小花“犹抱琵琶半遮面”般含蓄腼腆，五片乳白色花瓣围在毛茸茸的锈色花萼及厚厚的花被筒里，像香甜的爆米花向外翻开的样子。指甲盖大的花冠里有20枚嫩绿色的雄蕊和5枚嫩白色的雌蕊，十几朵小花聚合成了小宝塔似的花序，层层叠叠，抱团取暖在枝头。用手轻轻地抚摸着毛绒线的花骨朵，寒风中给人一丝暖意和安慰。

“桦柳枝枝弱，枇杷树树香。”踮起脚尖，凑近花朵闻了闻，一股凛冽清新的杏仁香味宣肺醒脑，让我瞬间记住这特殊的花香，让我记住了这个冬天，爱上相貌朴素、温暖厚重的枇杷花。

每年初夏我只留意了挂在枝头黄灿灿的枇杷果，却忽视了低调、执着地开放在冬天的枇杷花。不管有没有被关注，枇杷花从萧瑟初冬一直绽放到春寒料峭，春天结果，夏天成熟，是集四季之气的佳果。枇杷花可以做成茶，枇杷花茶具有润喉、宣肺、化痰止咳、解热和治疗头痛、伤风、鼻流清涕等功能。我小心翼翼地摘下几朵枇杷花蕾，准备过几日晾干后做代茶饮。

枇杷花又名为“土冬花”，细看，花瓣和梨花、桃花、梅花很相像，因为都是蔷薇科植物，所以她揉合了梨花的洁、桃花的娇、梅花的傲。“回看桃李都无色，映得芙蓉不是花”，她盛开之际香远益清，素

有“负雪杨花”的美誉。枇杷花临寒留香傲雪如梅，并且在梅花之先就傲然挺立于冬雪之中。历史上文人雅士都在踏雪寻梅，但很少有人关注平凡的枇杷花。枇杷花心平气静地接纳自己的平凡，不争春、不炫美，不张扬，不因为待遇不公而拒绝开花，依旧香如故。

望着这些平凡而并不渺小的枇杷花，忽然觉得，平凡是出发、平凡是目标，我曾跨过高山大海，回头一看还是平凡之路最好，人间四季平凡度过就是圆满。新的一年要在平凡的日子里，脚踏实地走好每一步，顺其自然过好每一天，像枇杷花一样做真实的自己。

2021 年 12 月

寒客迎春

雪落西安，缱绻清欢。在西安历经新一轮疫情考验，将要全面解封的时刻，期盼已久的雪花迎着凛冽寒风，带着细腻和精美飘然而来。作为疫情防控医疗物资保供企业的一员，我步行去上班。马路因疫情变得空旷，空气因雪变得纯净，如梭的车流消散不见，古都成了寂静之都，一路只有平日里驾车一晃而过的建筑和树木陪着我。

忽然寒风捎来一缕淡淡的清香，向前走几步，闻不到了，又特意倒回去走几步，只见左侧小树林里一颗蜡梅树上金灿灿的花朵点缀在枝头。不由得走近树下，花香愈发浓郁，戴着口罩都能闻到，难怪路过都能被这香气吸引。若问冬天除了雪还有什么值得期盼，那当然是蜡梅花了。在这片幽静的小树林偶遇暗香浮动的蜡梅花，让人欢喜不已，摘下口罩大口呼吸，忘掉了疫情的束缚。

三米多高的蜡梅横斜疏影，树干上布满皮孔，枯瘦的枝杈上结满密密匝匝的花朵。盛开的花朵张口向下，似“金钟吊挂”，待放的花蕾如金豆般耀眼，让人眼目增明。雪花像白棉球般轻柔地覆盖在花朵上，留恋在蜡梅枝头不愿融化。

仰头望着树枝上挂着的一个个精巧夺目的小金钟，那融化寒冷的幽香就是从这些小金钟里飘出来的。外轮花被较长，晶莹剔透，薄如蝉翼；内轮花被较短，黄里透红，似琥珀雕成。这个小金钟里有个充满智慧的雌雄异熟现象。细看五根雄蕊向外平展着，露出中间的柱头，接受来自其他花的花粉。每当授粉完成后，雄蕊就开始直立并向花心合拢，把接受完花粉的柱头保护起来，避免柱头与外界的接触。这时候雄蕊上的花药才开裂，让昆虫带走花粉——这是蜡梅为了避免自交传粉进化出的智慧表现。

蜡梅凌寒花枝俏，天越寒，色越浓，地越冻，气越香，比梅花开得更早，所以又称为花中寒客。小心摘取一朵搁在手掌中，冰凉沁心，轻若无物，很难形容它的美。蜡梅花用尽全力严寒里闪烁着一抹温暖人心的金黄，一种冰清玉洁、只与清寒相伴的韵味让人怜惜不已。

蜡梅是蜡梅科植物，不要与属于蔷薇科植物的梅花混淆了，只因花期与梅花接近，名字里也带了一个

“梅”字。梅花颜色多为红粉或白色，蜡梅纯黄似蜜蜡。

蜡梅除了具备“枝横碧玉天然瘦，恋破黄金分外香”的观赏价值，还是一味中药。花蕾具有解暑生津、开胃散郁和止咳的作用。

在大寒刚过的日子，蜡梅迎来了最至诚的朋友——雪花。蜡梅为雪而开，雪为腊梅而狂，有什么能敌过两情相悦的欢喜。“茫茫大雪迷天际，载得暗香款款飞。”“梅须逊雪三分白，雪却输梅一段香。”绽放着银色花蕊的雪花，深情地与蜡梅相互拥抱在一起，感受彼此的温度，瞬间幽幽的寒香弥漫开来……纷纷扬扬的雪花，绽蕾怒放的腊梅，仿佛天造地设的一对，白玉镶金，花雪交融，好一副动人心弦的雪中美景。

虽然水冻山寒，天地寂寥，遇见凌寒飘香的蜡梅，体会到寒尽春来，温暖无处不与我们同行。无论走到生命的哪一个阶段，都该喜欢那一段的时光，完成那一阶段应该完成的职责，懂得忍耐，懂得收藏，为创造明日的美好积蓄力量。